メディアワークス文庫

青蘭国後宮みがわり草紙

早見慎司

目　次

第一章

窓のない部屋を、仏壇の太いロウソクだけが照らしていた。

「恩……」

仏壇の前に正座した少女は目を閉じ、低い声で呪文を唱えた。たちまち部屋の中に緊張が充ちた。

まもなく少女の体が左右に揺れ始めた。一枚の黄色い布を巻き付けただけの簡素な衣装からこぼれる、健康的にすんなり伸びた手足と長い髪。鼻筋の通った色白の顔が、ロウソクの炎に照らされて、神秘的な雰囲気を漂わせている。

やがて、揺れが大きくなっていったかと思うと、

「喝！」

少女はひときわ鋭い声を放った。す……と下を向き、つぶやく。その声が、とても少女の声とは思えない。しわがれて低く、老人のようだ。

「宇辰(ゆーたつ)、やっと来たか」

「どうして俺の名を？」

宇辰と呼ばれた依頼主が、小女・蓮華(れんか)の後ろで驚いたように立ち上がった。

「このバチ当たりが。私があの世(グソー)で苦しい思いをしているときに、お前ときたらろくに仕事もせず、家もかえりみず遊び歩いて――。あの世からちゃんと見ているぞ」

「待てよ。あんたがほんとうに俺の親父(おやじ)だ、って証拠はあるのか？　それらしいことを言えば、本物らしく見えるだけ、ってこともあるよな」

「疑うのか。この愚か者！　では背中の長い刀傷を、ここで見せてみよ」

「ど、どうしてそれを？」

宇辰はにわかに落ち着かない表情になった。

「お前がわずか十八で、女のことで武官とケンカをして斬られた傷だ。幸い死にはしなかったが、それも私が土下座して謝ったからではないか。女の名前は――」

「い、いや、もうけっこうです」

宇辰はあわてたように手を振った。

「お父さん、何でもいたしますから、これ以上のたたりはお許し下さい。息子たちが、高い熱で苦しんでいます。まぎれもなく、あなたの孫です。どうか、たたりだけはお許しを……」

「何でもするか」

「は、はい」

「それでは、ウチカビを百貫文分、東の志美谷御嶽で焼くがいい」

ウチカビとは、紙で作ったあの世の銭のことだ。葬儀や法事のときなどに、墓や御嶽（聖地）で焼いて、死者に届ける。百貫文と言えば、豪華な家が一軒建てられるほどの値段だが、しょせん紙なので、貧乏人でも充分に買える。

「あの……それだけでいいので？」

しかし、蓮華の声は、鋭いものになった。

「銭のことはさておき、お前は御嶽の掃除をさぼっているな。雑草が伸び放題で、荒れ果てている。よく掃き清めることだ。約束できるか。破ったときは、子どもだけではない。お前も家族も、病で苦しんで死ぬからな」

「はいっ！　どうぞ、お許しを……」

宇辰は床に平伏した。

「よいな、申しつけたことは、必ず守れよ、バカ息子……」

声が小さくなり、やがて、消えた。部屋の中に充ちていた緊張が解ける。

蓮華の体がばったりと前のめりに倒れた。

そのすきに、宇辰はこっそり出て行こうとする。と、その足が止まった。

「何か忘れちゃいませんか」

倒れたはずの蓮華が、着物の裾をしっかりつかんでいた。

「銀、三匁。そういう約束だったよね」

「あ、いや、でも、——」

宇辰はとぼけたような顔をして、

「三匁は高いよ。ほんとに病が治るかどうかも分からないのに……そうだ、息子たちの病が治ったらそのとき払う、っていうのはどうだい？」

蓮華は汚い物を見るように、顔をしかめた。

「じゃあ、もう一回、霊に聴いてみようか？　今度はうちが話してみるよ。怒るだろうな、お父さん。絶対、たたるよ」

「そんな……」

なおも宇辰は不満げだったが、蓮華のまっすぐな視線に負けたようで、しぶしぶ懐から財布を出し、銀を一粒つまみ上げて、渡した。三匁と言っても、蓮華ひとりが、かろうじて四、五日の食事を取れる程度で、大して高くはないのだが……。

きっとこの男はこうやって、これまでもせこい世渡りをしてきたのだろう。

「確かに」

蓮華はにっこりと笑って、

「また何かあったら、いつでもどうぞ」

「誰が霊媒師（ユタ）なんかに訊（き）くか」

まだ文句を言いながら、家を出て行った宇辰を見送って、蓮華は外へ出てみた。

——ロウソクの灯（あか）りしかなかった家の中から一歩出ると、そこは夏の盛りの太陽が支配する、青蘭国（せいらんこく）一の繁華街の大通りだ。

空はどこまでも高く、ひと筋の雲もない。

「まぶしいなあ……」

蓮華は目を細めた。

高台の王宮へと続く、純白の珊瑚（さんご）を敷き詰めた舗道の両脇に、露天商たちが思い思いに品物を並べて、売り声を上げている。

「豚、食わんかね。骨付き肉（ソーキ）、買わんかね」

「取れたばかりの三角仙人掌（ドラゴンフルーツ）だよ。一つ十六文だよ」

「あいっ、これが十六文？　高すぎるよ。六文に負けなさい」

「みんな、元気だなあ……」

何だか温かい気持ちになって、蓮華は家に戻った。

蓮華は、ここでひっそりと商(あきな)っている霊媒師……『ユタ』である。

ユタは、『妄言をもって、民の心を惑わす、不浄の者』と国王に言われ、何度も取り締まられている。祖先の声を聴きに来た者も、同様に取り締まられるので、看板は出せない。図絵(地図)では、空き家ということになっている。

蓮華の家には、拝(おが)みに必要な大きな仏壇の他に、家具らしい家具もなかった。

仏壇は、驚くほど大きい。青蘭国は祖先崇拝の国なので、位牌(いはい)の数も多いのだが、それでもユタの家のものより大きな仏壇は、そんなにないだろう。何だかんだ言って、蓮華もそれなりの信心はしていた。

その仏壇に一礼して、捧(ささ)げ物の砂糖黍(さとうきび)を取り上げ、端をかじる。黒糖の味が口の中に広がった。

「ああ、甘い」

蓮華はにんまりとして、床に寝転がった。

部屋の隅に、『い草布団』が丸めてある。い草とはつまり、畳のことで、それを薄く仕上げたこの布団があれば、ほぼ一年中安眠ができる。青蘭国は、それほど温暖な国だった。

蓮華のように、『まとも』に働いていない者はけっこう多いのだが、それも、この気候のせいだ。もし、どうしても食えないようなことになったら、海に行けば魚はいくらでも獲(と)れる。それも働く気をなくする一因だった。

ここは大通りの外れなので、空き家なら借りたい、という人もいるのだが、蓮華にとっては何代も続く、愛着のある家だ。窓をしっくいで塗りつぶし、さらに、うわさを流している。『あの家はユタの家だから、入ろうとすると、たたりに遭う』、と。

この国の人たちは信心深いので、うわさはたちまち広まり、蓮華はひとり、のんびり暮らすことができた。

それでも、どこからか話が洩(も)れるらしく、ユタに先祖のことばを聴かせて欲しい、と訪ねて来る者はいる。蓮華は霊媒なんか誰がやるか、と思っていたのだが、ひとり暮らしには、とかく金がかかる。

「でも、あんなセコいやつがいるんだもんなあ……ま、いいけど」

蓮華も、とりあえずは気楽に暮らせればいい、という程度の怠け者ではあった。

「甘い物はいいね。うん、食べ物さえあれば、他のことなんかどうでもいいや」

ふいに、家の出口で若い男の声がした。

「では、霊感があると言って、さしたる罪も犯していない者たちから、金品をまきあげるユタはどうなのかな」

「うちがインチキを使ってる、って言うの？」

きっ、となって起き上がると、三十前後の男が立っていた。

まげを結い、柿色の芭蕉布(ばしょうふ)で織った着物に紺色の細帯を締め、肩に刀をかけている。典型的な武官の衣装だ。獣のような野性の『もの』を思わせるが、真面目すぎてかえって笑ってしまうような、洗練されない朴訥(ぼくとつ)な雰囲気を漂わせていた。眉は太く、よく陽に焼けている。

「俺は桃原烈火(とおばるれっか)だ。蓮華だな。一緒に来てもらおう」

ぶっきらぼうに、烈火と名乗った男は言った。

「は？　あんた何様？」

蓮華は烈火をにらみつけた。

烈火は刀を持っているが、それを怖がるようでは、ユタは務まらない。亡くなった妻の霊と夫婦げんかを始めて、いきなり刀を抜いて妻の霊を蓮華ごと斬り殺そうとした奴(やつ)にだって出会ったことがあるのだ。

「いきなり命令されてそんなほいほいついていくと思う？　いくらあんたが士族でも、

勝手な都合では連れていけるもんか。なんならあんたの先祖の霊、ここで呼んでみせようか」

「そんなことをしている場合ではない。桜花様が……」

そこで烈火は口ごもる。蓮華は表情を変えた。

「あんた、桜花姉さんを知ってるの？」

「話は後だ。とにかく亜麻仁御殿へ来てくれ。大君がお待ちかねだ」

桜花とは、蓮華の双子の姉だ。

蓮華と桜花は、二年ほど前までこの家にふたりっきりで住んでいた。それが、青蘭国で一番の神女、亜麻仁大君――『君』と言っても、年配の女性だ――の目に留まり、桜花だけが大君の御殿へ連れて行かれた。

「大君は、深く後悔していらっしゃる。責めるなら、俺を責めろ」

「何であんたを？」

「俺はもともと王宮に仕えていたが、ちょっとした事情で、亜麻仁御殿付きの武官となった。その日から、大君をお側で見守っている。亜麻仁大君は、世間知らずの俺が見ても、お優しい、優れたお人柄の方だ」

烈火が真面目に言っているのは、蓮華にも分かった。この男、嘘はつかない奴らしい。だったら、素直に言うことを聴けるか？

いや、烈火には悪いが、蓮華にはどうしても、亜麻仁大君を許すことはできないし、それに——。

「だからって、あんたは姉さんのことには、関わりがないんだろう？」

「ああ。ただ、大君のためなら命でも投げ出す。そういうことだ」

「だったらますます、大君が憎いよ。姉さんのことに関わりのないあんたの命まで、もてあそんで平気でいられるなんてさ」

「俺は自らの意志で、命を投げ出す、と言った。誰に命じられたわけでもない。大君は、お前の望みは何でも聴く。そう言っておられる」

「何でも？」

「ああ、どんなことでもだ」

この男、馬鹿がつくほど正直な性格らしい。一度ぐらいは話に乗ってもいいような気が、ほんの少し、してきた。

だが……。

「烈火だっけ。あんたはまちがってる。うちは、亜麻仁大君に追い払われたんだよ。それが今度は、その大君の名前で、わけも分からないうちに、御殿へ来い、って言う。

そんな馬鹿な話がある？　うちは大君のおもちゃじゃない」

　あのとき、蓮華よりずっと優しい桜花は、蓮華も一緒なら行ってもいい、と言ったのだが、大君は、冷たく拒んだ。

「やっぱり、言うことは聴けないね」

　蓮華はぷいっ、とそっぽを向いた。

「うちらに親はいない。亜麻仁大君は、この世にふたりっきりの姉妹を引き離して、桜花だけ御殿に連れて行ったんじゃないか。それも、『ノロの屋敷（やしき）に、市井（しせい）の者はふたりもいらぬ』、って、何それ？　それっきり、うちはひとりぼっちだよ。大君には、怨（うら）みしかないね」

「お前の気持ちも分からないではないが、……」

　烈火は生のゴーヤーでも食べたような顔になり、

「実は、桜花様のためなのだ」

「桜花姉さんの？」

「ああ。大変なことが起きてな。桜花様のただひとりの親族であるお前の、力が借りたいのだ」

　烈火と名乗った男は、深く頭を下げた。

士族が平民に頭を下げるのは、よっぽどのことだ。それに、桜花が大変だ、と言われては、従わないわけにはいかない。普通ならそうなのだが……。

このとき蓮華は、混乱のあまり、重要なことを聴き落としていた。烈火が一度でも、『桜花が呼んでいる』とは言わなかったことを——。

それより、桜花との思い出に浸っていたのだった。


桜花と蓮華は、双子の姉妹だ。両親はまだ蓮華たちが子どもの頃、わけも告げぬまま、ぷいっ、と出て行ってしまった。いまはもう、顔も忘れたほどだ。

それからは幼いふたりで、市場の手伝いをしたり、坂道を登る荷車を押したりしてなんとか暮らしてきた。

しかし、ふたりに悲愴(ひそうかん)感はなかった。人生に大切なことは、みんな街で学んだ。国全部で人口二十万しかない青蘭国でも、街にいる限り、ちょっとした仕事には事欠かなかった。

姉妹が十三歳の頃、共にカミダーリがあった。

カミダーリとは、『セジ』、つまり高い霊力を持った人間が、神のことばを聴ける能力に目ざめるときの、一種の発作のようなものだ。つまりカミダーリを経験した者は、神のお告げを聴ける存在、ということになるのだった。

青蘭国は、自然崇拝、それに何より祖先崇拝の国だ。死んだ人間は神になり、ニライカナイで安楽に暮らしているが、さっきの宇辰のように、行(おこ)ないが悪い子孫には、天罰を下すこともある。その罰が何に対してなのか、何をしたらいいのかなどを、死者の声を聴いて取り次ぐのが、霊媒師、つまりユタの仕事なのだ。

こうしてふたりは、ユタになった。よく当たるというので、世間にうわさは広まり、けっこうな稼ぎになった。

初めは、危ない目にも遭った。子どもだ、というので、さっきの宇辰のように、鑑定料を踏み倒そうとする、それでも食い下がると刃物を振り回して、ひるんだところを走って逃げる。

強盗にも遭った。少女ふたりには、なかなか耐えがたい経験だった。

「桜花姉さん、もうユタなんか辞めようか」

蓮華は、薄暗い部屋の中で、何度かそう言った。

「そう言わないで。いつかは、いいことがあるわ」

どちらかと言うと、か弱そうな桜花が、そのときだけは、強く言って聴かせた。

「ユタを馬鹿にはできないわ。天が与えたりっぱな仕事よ。まじめに働いていれば、きっといいことがあるから。だから、がんばろう？」

「うん……」

蓮華が投げ出さなかったのは、天など関係ない。たったひとりの姉を、喜ばせてやりたかったのだ。

運が向いてきたのは、市場の顔役の祖先を呼び出してからだ。やはり身内に病人が出たのだそうで、薬も効き目がなく、死にそうになっていた。

そこで桜花が、顔役の祖母の霊を招き、ゆかりの御嶽で大規模な宴会を開くこととなった。姉妹ふたりにも参加させてくれたお礼に集まった人びとにゆかりの霊を呼んで、誰もが幸せになれた。

「俺たちが助かったのは、この子らのおかげだ」

顔役が言った。

「ふたりを、街の子として育ててやろうじゃないか」

それからというものは、怪しい客は減ったし、万が一のときには、市場で助けを求めれば、姉妹の世話になった人びとが、助けてくれるようになった。

ふたりは幸せだった。少なくとも、二年前、亜麻仁御殿の主で神女の長、亜麻仁大君が現われるまでは……。

ノロとユタとは、どちらも霊の声を聴く、という点では一致しているが、ユタが民間の霊媒師とすれば、ノロはより位の高い神や、自然の声を聴いて、政治に意見をする、国家公認の神女である。それが証拠にノロは国王が任命し、国の政治に神の意見を反映する代わりに、立派な御殿と、広い領地を得ることができる。

そういう、身分の高いノロの、しかも長である亜麻仁大君が、市場などという庶民的な場所に訪れるはずがなかった。けれど、市場に住んでいた商人の娘が、亜麻仁御殿で大君にお目通りしたとき、世間話で、『よく当たるユタの姉妹がいる』と話したのだそうだ。

それに興味を持った亜麻仁大君は、お付きの武官をふたり、道案内にはその商人の娘というお忍びで、蓮華たちの許を訪れたのだった。

そのときは、ふたりともそんな『偉い人』が来るとは思わなかったが、まず桜花が、求められるままに亜麻仁大君の祖先の霊を呼んだ。

大君は、たいそう驚いたようだった。

霊が去って、床に倒れた桜花を、大君は優しく起こした。

「お前は本物の霊感を持っている。私と一緒に、御殿へ参れ」

桜花はためらう様子を見せた。

「私は蓮華と、ふたりでひとりです。私を連れて行きたいのなら、蓮華も連れて行って下さい」

大君は、にわかに冷たい表情になった。

「ノロ屋敷に、市井の者はふたりもいらぬ」

壁ぎわであくびをしていた蓮華は、むっとした。

「あんた、何様？　ノロがユタに通った、ってうわさにしてやろうか。国じゅうが驚くだろうなあ」

亜麻仁大君は、振り返って合図をした。ふたりの武官が、刀を抜いて、蓮華に刃を向けた。

「ちょ、ちょっと待って。誰にも言わないから――」

怯える蓮華に、それでも武官たちはじりじりと、迫ってくる。いまにも斬られそうな危機を救ったのは、桜花だった。

「行きます。私、どこへでも行きます。だから蓮華には手を出さないで下さい。そうでなければ、私も舌をかんで死にます」

「桜花姉ちゃん！」

武官がようやく刀を納めた。桜花は、壁ぎわにうずくまって震えている蓮華を抱きしめ、頭を撫(な)でた。

「心配しないで。あなたは、街の子として、ひとりでも生きていける。……何かあったら、また助け合いましょう」

そして桜花は振り向き、大君をにらみつけた。

「約束してくれますね？　妹の安全を。私たちは、いつまでも一心同体です」

「よかろう」

大君はうなずいて、ふところから金貨の入った袋を取り出し、蓮華の足許(あしもと)に、静かに置いた。

「桜花、そして蓮華も、案ずるな。お前たちが幸せに暮らせるよう、手を尽くそう。この金で当座は、暮らしにも困るまい。……このことは秘密だ。よいな」

淡々と話す大君の表情は、しかし、有無をも言わせぬ迫力に充ちていた。

蓮華はガタガタと震えながら、ようやくうなずいた。

「蓮華！　元気に生きて！」

「姉ちゃん……無理しないでね」

こうして蓮華は、ひとりぼっちになった――。

「それ以来、桜花姉さんからは、手紙の一通も来やしない。そんな不人情な姉さんじゃないんだ。あんたたちの仕業だね。違うとは言わせないよ」

「そうではないのだが……そう思わせたのも、我らのせいだな。すまぬ」

烈火は頭を深く下げた。ことばはていねいだが、視点が上からなので、うれしくも何ともない。

「だが蓮華よ、桜花様は、ずっとお前のことを気にかけていた。事あるごとに、『こんなとき、蓮華がいたら――』ああもするだろう、こうも思うだろう、と話していた。とても一途なご気性なのは、お前もよく知っているだろう」

「そういう泣き落としが、うちに効くとでも思ってるの？」

「この世にひとりきりの、肉親のためでもか」

この男、なかなかにしつこい。

「烈火、って言ったっけ。桜花姉さんに、何があったのさ」

さすがの蓮華も、気になってきた。

「ここでは、言えぬ。人の口に戸は立てられぬからな。ただ、いますぐ、お前の力が必要なのだ。桜花様のために、頼む」

烈火はまた、頭を深々と下げた。

　蓮華はため息を漏らした。

「あんたら、ずるいね。桜花姉さんの名前を出せば、うちが逆らえないと知ってからに……いいよ、分かった。支度をするから待ってて」

「すまぬ」

　また頭を下げた烈火だったが、家の中には入ってきた。この男……馬鹿か？

「簡素なものだな、ユタの家は。ここに姉妹で暮らしてきたのか」

「ああ。貧乏で悪かったね」

「いや、ここには何か、温かいものがある。そうだな、気のようなものがこもっていると、俺にも分かる」

　烈火は感心したように、まだ家の中にいる。蓮華はあきれて、

「女の着替えが見たい？　下着から着替えるけど」

　言うと、烈火の顔が真っ赤になった。

「で、では、外で待っている。急いでくれ」

　あわてて出て行く。蓮華は思わずくすっ、と笑った。

（分かりやすい奴）

　いくら、いかめしい武官でも、女には弱いらしい。もっとも、まだ男を知らぬ十七

の少女を、『女』と呼ぶかどうかだが――。

（それにしても、いまごろになって、桜花姉さん、どうしたんだろう……）

蓮華は普段着の黄色い衣を脱いだ。

よそゆきの、濃い鬱金色の着物を着て、髪を帽子のように、左右に広く、上へ高く結い上げたカラジというまげを結い、べっ甲のかんざしを挿すと、出かけるときに使う肩掛けの巾着袋に、入るだけの荷物をまとめた。もう、決して二度とここへは戻れない、と思ったのだ。ノロの長からの呼び出しには、それほどの重みがあった。

母親が忘れていった銀の匙、先祖代々の名前が金文字で書かれた黒い位牌、そのほかに少しでも役に立ちそうな物を入れても、肩掛けの袋は、ふくらみもしなかった。もともと物を持たない主義なのだ。

……支度は終わり。

わらじを履いて家を出ると、家の石垣に赤花（ハイビスカス）が咲いていた。

「アカバナー、か……うん、ちょうどいい」

一輪ちぎって、髪に挿した。

蓮華は改めて、住み慣れたわが家を見つめた。

質素な家だった。だが蓮華にとっては、姉妹で十五年、それから後も含めると、十七年間暮らした思い出が詰まっている。

ノロの御殿に上がったら、まず、無事には帰れないだろう。桜花がそうであるように……。

何しろノロは、ユタの天敵だ。

ノロだって、王族の祖先とニライカナイの神のことばを聴いて、国政に意見を差しはさむ存在だ。その意見には、国王も逆らえない、という。それなら王様はいらないじゃない——そのときの蓮華は思っていた。

「ま、何とかなるさ」

つぶやいて、家を出た。

空はあいかわらず真っ青だが、遠くで雷が鳴った……ような気がする。

蓮華は、烈火と供に牛車に乗って、郊外の亜麻仁御殿へと入った。

知らない者が見たら王宮とまちがえそうな、いくつもの豪邸が、石垣を巡らせた中にゆったりと建っている。瓦と外柱は白く、壁は赤い。

草を刈り込んだ広い庭を進む牛車の中で、蓮華は肌がチリチリするのを感じていた。

うん、まちがいない。

眉をひそめていると、

「どうかしたのか」

烈火に訊かれたので、素直に答えた。

「ここ、いろいろ『いる』ね。牛の上にも、お爺(じい)さんが座ってる」

烈火の顔色が青くなった。――いい気味だ。

建物の中でも大きい、正殿の玄関口で、烈火は道案内を女官に引き継ぎ、自分はどこかへ行ってしまった。

「こちらへどうぞ」

二十畳ほどもある前の間、つまり客間には、手前に阿檀(アダン)の葉で織った座布団があり、そこへ蓮華は座らされた。奥の方は、どうやら畳敷きになっているらしい。『らしい』というのは、そこにやはり阿檀の葉を裂いて作った御簾(みす)が下がっていて、中の様子がよく見えないからだが、人の気配がした。

その気配の主が、老女の声で言った。

「久方ぶりだの、蓮華」

この二年間、夢の中にまで出しゃばってきた声だ。

「あんたの顔なんか二度と見たくない、って思ってたけど、顔を隠されるといい気はしないな。それに、うちは桜花姉さんに、逢いに来たんだよ。——とにかく、話があるんなら、あんたの顔を出してもらおうじゃないの」

「ああ……すまぬ。無礼なのは私の方だ。御簾を上げよ」

御簾の両脇にいた女官が、御簾を巻き上げる。

中にいたのは、忘れもしない亜麻仁大君だった。紺と朱色の重厚な衣装をまとって、鍍金のかんざしを髪に挿し、背筋はぴん、と伸びている。手には赤い太陽を描いた神扇を持ち、年は六十すぎといったところか。

「やっと出て来た。……桜花姉さんがどうしたって？」

「伝えねばならぬことがふたつ、ある。ひとつ目は、桜花が子どもを産んだ。数日前のことだ」

何だ、そういうことだったのか。

「子どもの顔見せに呼んだの？　だったら、あの烈火っていう武官とやり合わなくてもよかったのに。人が悪いよ、大君も」

蓮華はけらけらと笑った。

——周囲の女官や、誰よりも大君は、目を伏せて何も言わなかったが、蓮華はその意味することに、まだ気づいてはいなかった。

「男の子？　女の子？」

「元気な男の子だ。名前は如水。私が付けた。青蘭国にはこれと言って水源がなく、雨水を使っている。水は何より尊い。だから、如水というわけだ」

「如水か……いい名前だね」

子どもには、何の罪もない。蓮華も、自分の子どもが産まれたかのように、うれしかった。

しかし、肝腎の、その如水という赤ん坊がいないではないか。そしてもちろん、赤ん坊を抱いている母親も。それともここで、如水を抱いた桜花が登場する、とか？

何だかお祝いの雰囲気ではないようだが……。

「気を持たせないで、早く姉さん親子に逢わせてよ」

「それが、もうひとつの話なのだ」

「何？　うちを遊び相手にでもしてくれるの？　うちは大歓迎だけど」

少しの間、大君はためらっているようだったが、

「落ち着いて聴け。……桜花は、亡くなった」

「なんだって？」

桜花が亡くなった……。

蓮華は、激しいものが体の底から突き上げてくるのを感じた。

「嘘だ。嘘だ嘘だ嘘だ！　いったい、なんで――」

「難産でな。手のほどこしようもなかった。三日前のことだ」

「そんな……大君、あんた、国も動かしてるんじゃなかったの？」

「お前には、いくら詫びても詫び切れぬ」

「口では何とでも言えるよ。人の命ひとつ守れないで、何がノロの長さ。この役立たず！」

罵声を浴びて、さすがの亜麻仁大君も、しばらくは、逆らうことすらできないようだった。

やがて、慎重にことばを探している様子で、ゆっくりと言った。

「いかにも、責めは我にある。それと知って、このようなことを言うのはためらわれるが、お前にひとつ、頼みがあるのだ」

「そんな話、してる場合じゃないだろう！　うちにとって、たったひとりの身内が死んだ、っていうのに！　人殺しのババア！」

「大君様の御前（おんまえ）である。無礼であろう」

女官のひとりがたしなめた。なかなか意地の強そうな、三十くらいの女性だ。

「よい、木怜（もくりょう）」

木怜と呼ばれた女官はぐっと黙るが、しかし蓮華は収まらない。

「無礼はどっちさ。うちは赤ん坊の叔母さんだよ。木怜だっけ。あんた、子どもはいるの？　いるんだったら、おとなしく育ててやりなよ。あ、もう子どもの顔も忘れたかな？　大君様の腰巾着は」

「こやつ、失礼にも程がある。大君、こんな小娘に笑われたままでは、わたくし、倫（りん）木怜の立場がございません」

大君が応えるより先に、木怜は蓮華をにらみつけた。

「わたくしは士族の一家に生まれ育ちました。倫、という苗字（みょうじ）も持っております。苗字ひとつ持たぬ平民とは、生まれが違うのですよ」

「ああ、生まれね。面倒くさい」

どうでもいい、とは思ったが、売られたケンカは買うのが蓮華だ。肩にかけた袋から紙を取り出した。

「あんまり言いたい話じゃないけど、これがうちの門中（もんちゅう）。どっちが『偉い』か、くらべっこでもしてみる？」

木怜はぽかん、と口を開けた。

門中とは、詳細な家系図である。記録に残った一番古い祖先から、一族の名前と関係をすべて列挙している。もちろんと言うべきか、姓も書かれている。

「うちは英一族。ご先祖様は、邦が統一されたとき、先頭に立って働いた。その武功を認められて、陽英達王の『英』を姓にもらったんだって。残念ながら、宮中の権力争いに巻き込まれて、身分は平民に落とされたけど、もらった苗字は返したくても返せないしきたりなんだってさ」

陽英達は、いまの王、陽尚堅につながる、国王の先祖だ。その家臣ともなれば、そこらの士族でもかなわない。

木怜は唇をかんで、黙り込んだ。

「そう腐るな、木怜。いずれにしても、この娘は、お前の上に立つ定めだ」

大君は蓮華の顔を見つめながら、言った。気のせいか、そう……値踏みでもしているようだ。何だか落ち着かない。

「上に、立つ？　どういう意味？」

蓮華にはわけが分からなかった。けれど、いやな予感がした。蓮華のカンは当たるのだ。特に悪いことは。

ノロはユタを弾圧している。そのユタの子を、大君は別として、御殿の連中は快く思わないだろう。これは――。

「如水を引き取れ、って話？　うちはかまわんけど」

せっかく姉が遺してくれた子どもだ。そんなに自信はないが、何とか街の子として育てることぐらいはできるだろう。

「そうではない」

大君は首を振った。

「お前には如水の母、いや、桜花の身代わりになってもらいたい。話が分かりにくいかな」

「ちょっと待ってよ。桜花のご主人は、どこにいるの？」

「それは、言えん。ただ、ここへ来ることはできないのだ」

そんな勝手な話があるものか。

たしかに蓮華は、もう一度、桜花に逢いたかった。街の家でひとりきりの夜には、桜花のことを思い出して、泣いてしまったことも何度かある。

だが一方で、立場が逆だったら――と思ったこともあった。もし蓮華に子どもが産まれるようなことがあったら、何はさておき、姉に見てもらうだろう。

しかも、如水には父親がいる（当たり前の話だが）。蓮華の知っている桜花は、それを隠すような性格ではない。

というか、子どもが産まれる前には、まず、付き合っている男がいるのが当然だ。そんな『いい人』ができたのなら、何より先に、蓮華に逢わせてくれるはずだ。

それとも、その男というのが、亜麻仁御殿の中の武官か何かなのだろうか。

いや、それならなおさら、逢わせてくれるのが、人情というものだ。そうしたら、さすがの蓮華も『おめでとう』を言って、それからは逢わなくても平気だ。結婚って、そういうものじゃないの？　祝福されない結婚だったら、泣き言のひとつも聴いてやりたい。それがたったひとりの肉親への、情、というもののはずだ……。

二年、逢わずにいるうちに、ふたりの間はそんなにも離れてしまったのだろうか。

それは、あまりに……そう、淋しすぎる……。

「蓮華」

大君の声に、蓮華は我に返った。

「考えてくれたか」

「うちは知らん」

蓮華は言い張った。

「母親が死んだんだったら、父親が育てるのが筋じゃない？　父親は屋敷の外の人間？　ここにはいないみたいだけど」

「その父親が、大問題なのだよ」

「それだよ。子どもを産ませるだけ産ませて、自分は育てる気もないんだろう？　それで姉さんを身ごもらせたなんて……」

「事情があってな。ここには滅多に通えないのだ」

「何の事情があったって、知ったこっちゃないね。ずるいよ。無責任だよ」

するとと大君は、蓮華をじっ……と見つめた。もちろん蓮華も負ける気はない。にらみ返した。

「育てる気がないのだろう。お前はそう言ったな」

「ああ、言ったとも。それとも、例えば……父親も死んだ、とか？」

「それは……」

大君は、柄にもなくためらっているようだったが、やがて言った。

「父親は、陽尚堅様だ」

「陽……太陽の陽？」

「蓮華。よく漢字を知っているのだな」

「持ち上げなくていいよ。陽ぐらいなら――」

知ってるさ、と言いかけて、蓮華はふっ、と気づいた。

「ちょっと待って、大君。陽って、ひょっとして」

「やっと気づいてくれたか」

「別にあんたのためじゃないけど、――うちがまちがってたら、そう言ってよ。陽と言ったら、……国王の陽？」

「この青蘭国で、他に陽姓を名乗る一族はおらぬ。他の者が名乗ることも許されぬ。当代の国王、陽尚堅様、そのお方だ」

「まさか……」

これには、さすがの蓮華も息を呑んだ。

「じゃあ、産まれた子どもは――」

「陽如水様は、国王の第一子。すなわち、次の国王になるお方です」

木怜も、おずおずと言った。

「あり得ない。王様は、あのふぬけで貫禄もない、って評判の人でしょう？　街へ行けば、みんながうわさしてるよ。王様はただの飾り物で、国を動かしてるのは、あんたらノロと、母親の尚鳳様だ、って。そんな奴に子どもを産ませられて姉さんが死んだなんて……」

何のために、御殿に囲い込んでいるのだ。

誠実な父親だったら、身分とは関係なしに、蓮華は手放しで歓迎しただろう。

だが、よりによって青蘭国一のダメ男に、身ごもらせられるなんてことがあってい

いはずがない。亜麻仁大君には、そんなことも分からないのか？

「尚鳳王母と我らノロは、国の将来を巡って、争っている。一緒にはされたくない

……そういきり立たず、話を聴いてはくれぬか。」

「知ったこっちゃないね。って言いたいけど——でも、話したいんでしょ」

「ああ。聴いて、考えて欲しいのだ」

亜麻仁大君は立ち上がり、薄い衣を重ねた色とりどりの衣装の裾を器用にさばき、

蓮華の前まで来て、床に直に座ると、頭を下げた。

国王でも、ノロの前では自分の方が低い所に座らなければならない、という話を聴

いたことがある。それが降りてきて、頭まで下げるとは、よっぽどのことらしい。

蓮華も座り直した。

正直、こんな連中と付き合うのはごめんだ。自分は街角で、自由に生きていくのが

性に合っている。

……だが、まだ見ぬ如水のことも気になっていた。桜花と自分と如水で、三人だけ

の血縁だが平民の子。それがいきなり王族の一員だ。しかもノロの館で産まれたとあっては、心配しないわけにはいかない。

（うちのカンは、当たるからなあ……）

心の中でつぶやいた。

「いまから、十月（とつき）ほど前のことだ……」

大君は、語り始めた。

国王、尚堅は鷹狩（たかが）りの途中急な雨をしのぐため、この亜麻仁御殿に、雨宿りに立ち寄った。ほんの一、二時間のつもりだったが、風雨は激しさを増し、荒れ狂った。それが野分き（台風）だ、と気づいた大君は、尚堅に数日の逗留（とうりゅう）を勧めた。

その際に尚堅の接待をしたのが、桜花だった。最初は茶を点（た）てて、たわいのない世間話に興じていた。桜花は街の出なので、城下の様子などを語って聴かせた。ふだんは城から出ることのない尚堅は、面白く話を聴いたようだった。

お返しでもないが、尚堅は桜花に、王宮の話をした。桜花は楽しそうに、その話を聴いていた。

ほんの三日ほどのことだったが、若いふたりは、あっという間に恋に落ち――。

「事情を察した私は、互いの思いに任せた」

大君は、話をしめくくった。

「思い？　はっ、ものは言いようだね」

蓮華は嘲笑った。

「しょせんは王家とノロのケンカに勝ちたいだけじゃないの。そこへ食い込むために、桜花はうってつけの餌だったんだろう？」

すると大君は、眉をひそめた。

「我らノロと、後宮の仲の悪さは、平民までみなが知るところだ。お前も耳にしたことがあるだろう」

「ああ、だいたいはね。でも、細かいことまでは忘れたよ。うちには関係ないことだったからね」

「それでは、説明しておこう」

大君は、話を続けた。

霊感を持つノロは、国王の任命のもと、例えば新しい王の即位の儀式など、国事行為を執り行なう他に、ニライカナイの神々や王族の祖先の声を聴き、王に進言するなど、政治の表舞台に出られる神女として、国政に深く入り込んでいた。

代々の国王は、ノロを信じ、そのことばを政治に反映していたが、それを快く思わない人びともいた。

その代表格が――。

大君は言った。

「王母、ときには陽尚鳳が支配する、後宮だ」

せっかく自分の一族が国王にまでのし上がったのに、後宮の言うことを王が聴かず、ノロに頼っているのでは、自分たちの努力は何だ？　と食ってかかった。

即位の儀式などは、別にノロでもかまわない。問題は、政治だ。

よく言われる『祭政一致』、つまり神女と王家とのつながりが深かった時代を、変えてやろう、と思った後宮も、ノロには手が出せなかった。膨大な国の儀式はそうそう覚えられるものではないし、人びとも、ノロを大事にしていた。ノロは王宮には住まないが、ひとつの血統だけではなく、各地に住まってその土地の繁栄を祈って、いろいろな儀式を行なっていた。その長が、亜麻仁大君というわけだ。

遙(はる)か昔から続いてきた祭政一致国家の中で、昂然(こうぜん)と反旗を翻したのが、現・王母の陽尚鳳である。

尚鳳は自分の夫、つまり、尚堅の前の代の国王・陽尚天(ようしょうてん)がまだ生きていた頃から、まず、後宮の改革に乗り出し、自分が後宮を支配できるようにした。

「陽尚天様は若くして死んだが、ひそかなうわさでは、尚鳳が、ノロの排斥に積極的ではない夫に業を煮やして、毒殺した——とも言われておる」

「ほんとうのところはどうなのさ」

「誰も知らない」

大君は首を振った。

こうして、自分の息子・尚堅を王位に就けた尚鳳は、自分が政治を操れるものと、得意になった。

しかし、唯一の誤算は、尚堅が尚鳳の思うよりも、賢い、ということだった。尚堅はノロとも積極的に関わったし、後宮には物——例えば海外の使節が訪れた際のみやげ物などを配り、やんわりと恩を売って牙を抜いていた。

こうして尚堅王は、国を平和のうちにまとめ、祭事と政治のよいところを取るようになったのだった――。

「そういうわけで、後宮は、ノロと角突き合わせることが多くなったのだ」

大君は、話を締めくくった。

「それじゃ、尚堅王がふぬけだ、無能だ、って言われてるのはなぜ？」

蓮華が訊くと、大君はきっぱりと答えた。

「王母・尚鳳の流した、ただのうわさなのだよ」

「何か、インチキくさいなあ……自分の子どもでしょ？」

蓮華はぼやいた。

「で？　それが本当だとして、うちにどうしろ、っていうの？」

「本来なら次の国王は、王城の後宮で産まれるものだ。しかも体面上、王族として母親と子どもも後宮に住まねばならない。そうやって、後宮はその地位を守っているのだ。……それが、こともあろうに次の王は、ノロの屋敷で産まれた」

「うちはよく知らないんだけど、子どもができたら、母親には分かるものなんだろう？　なんで桜花姉さんを、最初から後宮に入れなかったのさ。尚鳳様が、そんなに怖いの？」

女ひとりがそこまで怖いか、という冗談のつもりだったが、大君は眉をひそめてうなずいた。

「ああ、怖いとも。尚鳳は、己の決めたことは、何があっても押し通す人間だ。王妃は、尚鳳の眼鏡にかなった人間でなければならぬ。つまり、後宮にひしめく女官たちの中の、御しやすい者だ。……しかし、尚堅王は、あくまで桜花を正室に迎え、如水に跡を継がせたかった。だからこそ、ここに留め置いたのだ」

「じゃあ、如水はどうなるのさ」

「尚鳳は昨年一度だけ、ここへ来たことがある。そのとき、接待役になったため、桜花の顔を見られてしまった。こんなことになるとは思わなかったからな。しかし、こうして如水を後宮に入れるには、桜花そっくりの、身代わりがいなければならぬ」

「それって、もしかして……」

他に誰がいるものか。

「うちはごめんだよ、後宮なんか」

「聴いてはくれぬか」

「そうはいかないね。王になんか、ならなきゃいいじゃないか。うちが引き取って、街で自由に暮らさせるさ」

「できるものなら、そうさせてやりたい」

大君は、うっすらと微笑んだ。

「だが、うわさはすぐに広まる。次の王となるべき如水を追い出したとなれば、それが本人の意志でも、尚鳳が黙っているわけがない。如水はまちがいなく、暗殺される。国じゅうを探しても、必ず見つけることはたしかだ」

大君の表情は、たしかにごくまじめなもの、と蓮華にも分かった。

「いまの後宮に、如水をひとりで入れたら、その日のうちにも暗殺されかねない。尚鳳は気性の激しい女だからな」

「それで、母親として、うちが一緒に行く。そういうこと？」

「行ってくれるか」

「……まさか、いますぐじゃないよね」

心の準備だけではなく、王家やノロ……地位の高い人の生活なんて、蓮華には想像さえできないのだ。

「使者を出して、如水が王宮に上がる日を、二週間後にした。その間にお前には、一通りの礼儀作法を学んでもらう」

「無理」

蓮華はそっぽを向いた。

「いいや、お前は桜花の妹、賢さも同じぐらいだろう。それに、あまり引き延ばしていると、疑われる。あと二週間で――」

「そんな苦労、する義理はないよ」

「そうか……」

大君は、ため息をついた。

「……もともと私が、桜花をこの御殿に連れてきたのは、私の跡取りとしてだった。私はもう歳だ。後宮とも国王はじめ王族とも、この娘なら仲良くやっていける。ひと月も経たぬうちに、私はそう信じるようになった。桜花も納得ずくのことだった」

「それが？」

「しかし、尚堅王の子を身ごもってから、桜花は変わった。尚堅王に仕えたい――そう言うようになったのだ。ならば、その願いを叶えてやりたい」

「あんたはそれでいいわけ？」

蓮華のことばに、大君は、うっすらと微笑んだ。

「ふたりを引き合わせたのは、この私だ。それなら、ふたりを添い遂げさせるのも、天が私に与えた使命だ」

「とかなんとか言って、うちを身代わりの王妃にしたてて、『実母』のあんたが嫁ぎ先の後宮に力を及ぼしたい、それが本音なんじゃないの？」

「私はひとりの女として、桜花の幸せをまず、考えてやりたかった。だが桜花亡きいまは、如水の母親をきちんとしてやりたい、それだけだ」

「きちんと、ねえ。なんか、物騒な話だなあ……」

蓮華はぼやいた。ついさっきまで、街で気楽に暮らしていたのが、いきなり国王の座をかけた陰謀に巻き込まれたのだ。安らかではいられない。

「案ずるな」

蓮華の心中を察したのか、大君が微笑んだ。

「王宮には烈火を付けて行かせる。ああ見えて剣の達人。きっとお前の身を守るためには、役に立つだろう」

「でも大君、後宮には男は入れないんじゃ……」

「如水を守る者が少しでも食い込めるよう、手は打ってある。絶対に入れない所ではない。——木怜」

「はっ」

木怜は頭を下げた。あさぎ色のゆったりした単衣（ひとえ）の着物をまとい、銀のかんざしを頭に挿している。よく見ると、美しさも飛び抜けて、というわけではないが、なかなかのものだ。

「木怜。如水と蓮華のふたりを守れるか。いや、これからは桜花だが」

「お命じになるまでもありません。では、如水様をお連れいたします」

一礼して、木怜は部屋を出て行った。

「烈火も、よいな」

「はっ。しかし——」

蓮華の頭の斜め後ろで、困ったような声がした。

蓮華はぎょっとして振り向いた。いつの間にか、烈火が後ろに座っていた。確かに困った顔をしている。まるで、忍びの者だ。なるほど、こうして付いてくるわけか。

蓮華は武官など信じていなかった。刀を持っているのは、みんなろくでなしだ、と思っているからだ。

しかし烈火は、なぜか嫌いになれなかった。烈火の『本性』を、ユタの力で読み取ったからだ——と、蓮華は思っていた。

まだ恋愛沙汰のひとつも知らぬ、十七の娘である。

「この烈火、女性（にょしょう）にはその……至って不調法にございまして、ましてや後宮に入る、などというのは……」

　これだよ。この天然ぶりが、憎めないんだ。

「お前は堅物だからな」

　大君は初めて、明るい笑顔を見せた。からかっているようにも見えた。

「面目もございません。女性に仕える身としては、失格にございます」

「いや、その方が、都合が良い。女にうつつを抜かしておるようでは、桜花は守れぬからな」

　ほめているのかは、蓮華にも分からない。ただ、烈火の純情さだけは伝わってきた。

こんな奴なら、安心だな。女に手なんか出せないはずだ。

　でも、うちを相手にこのありさまじゃ、女が山盛りの後宮になんか、入れるんだろうか……。

　縁側へ続く戸が開いて、赤児を抱いた木怜が入ってきた。

「桜花。如水を抱くがよい」

　産着を着た如水を、蓮華は抱き取った。

　無心そうに、こちらの顔を見ている。この子には、桜花と蓮華の区別がつくのだろうか。もし区別がつくなら、母親の身代わりになついてくれるのか。自分はこの子を、陰謀から守れるのか……蓮華は正直、自信がなかった。

まだ髪も生えそろわず、自分の親指をくわえて、目はくりくりしている。もっとも目だけなら、青蘭国の男は、大人になっても目がくりくりしている者が多い。まあ、普通の子どもかな——というのが、蓮華の感想だ。

しかし、そのとき。

「ふわあ」

如水は、機嫌よさそうに笑った。その声が、どこか姉を思わせた。

「それ、反則だよ……」

赤ん坊の笑顔を見て、情にほだされない者は、冷血漢だ。

蓮華は、覚悟を決めた。

「分かりました。この子を守ります。けれどうち、国王には——」

髪の毛一本触らせない、と言うつもりだった。遊びに行った帰りに、姉に手を出して顔も見に来ないような奴には……。

そのとき。

——急に、目の前が、珊瑚より真っ白く青空よりもまぶしく、輝き始めた。

「なっ……」

声を上げようとした蓮華の目に、鮮やかな浜辺の光景が見えてきた。

海はどこまでも、珊瑚の輝きを映して、緑だ。

この世のものではない、と蓮華にはすぐに分かった。ゆったりと打ち寄せる波しぶきの、音がまったくしない。潮風も吹いてはこない。

（ここ……ニライカナイ？）

波打ち際に、純白の衣をまとった若い娘が座っていた。見まちがうはずもない。

「桜花姉さん」

如水を抱いた蓮華が声をかけると、桜花は振り向いて、穏やかな笑顔を見せた。

――蓮華。来てくれたのね。私のために――

声は、桜花の唇から、というよりは、空の彼方（かなた）からきこえるようだ。

「姉さんが呼んだんでしょう」

蓮華のことばに、桜花はおっとりと微笑んで、うなずいた。

「でも、ここはどこ？　海だ、っていうことは分かるけど」

——ここはね、彼岸の岸よ。あなたが住む世界と、死んだ私の世界の間——

「ニライカナイ？」

——その一歩手前。これから海を渡って、ニライカナイへ行くの。でも私は、まだ神様にはならない——

「何か、こっちの世界の偉い神様に、目を付けられてるとか？」

——それは心配ないな——

桜花はふわり、と笑った。

——蓮華。あなたに謝らなければいけないことがあるの——

「如水のこと？　それなら……」

——いいえ。亜麻仁御殿に入ってから、手紙ひとつ、送らなかったこと——

「送れなかったんじゃないの？」

——ううん。私が、手紙を書かなかったの。亜麻仁大君は、ああ見えていい人よ。『手紙を書いたらどうだ』、と勧めてくれたことも何度かあった——

「桜花姉さん、ひどいよ」

思わず蓮華は、抗議の声を上げた。

「うちがあれほど、心配してたのに」

——ごめんなさい。蓮華には、私のことなんか、忘れて欲しかったの——

その桜花の声が、あまりにもすまなそうだったので、さすがの蓮華も、それ以上、抗議を続けることができなかった。

——私はね、蓮華。大君に逢って、ノロの跡を継ぐ気になったの。でも、ノロは後宮を敵に回している。そんなつまらないことに、あなたを巻き込みたくなかった。

……もう、遅いかも知れないけれどね——

「ああ、陰謀の沼に片足突っ込んじゃった気分だよ」

——時間はあるから、何か言いたいことがあったら、言って——

こういうときは、『時間がないから』言いたいことを言え、というものなんだけどなあ……。桜花にも、そういう『天然』なところがある。

「ひとつ聴きたいんだけど、亜麻仁大君は、うちの方が強そうだったから、桜花姉さんを連れてきたの？」

——そうよ。あなたはひとりで生きられる、と思ってね——

「案外、人を見る目がないんだな」

蓮華はまた、怒りが湧いてきた。強い怒りではなく、どこかあいまいなものだったが……。

「ほんとうに強いのは、桜花姉さん、あんたの方だよ。ひとりで生きる道を決めて、ひとりで好きな人を見つけて、子どもまでひとりで……」

鼻の奥が、つーん、としてきた。

――たとえ私が強くても、死んでしまえばそれきりよ。誰かが言っていた。『すべての死は犬死にだ』って――

「で、勝手に死んじゃったの？」

――そうは言わないで。私にも、未練はあるんだから――

……ああ、そうだ。この姉は、超人ではない。死んではいても、ふたりで泣いて、ふたりで笑ってきた、肉親だ。

「そうだね、姉さん。うちらは、ふたりでひとりだったね」

――分かってくれる？　私の願いを――

「願い？　ひょっとして、如水を王様にする話？」

――乱暴な言い方ね、あいかわらず――

桜花が笑ったので、蓮華は何だか気が抜けた。

「うちは正直、そんなこと、いやだよ。国王なんて、苦労ばっかりじゃないか。平民の方が、絶対気楽に生きられる。でも、そんなことしたら……」

——尚鳳様が、絶対に見つけ出して暗殺する。そう言われたんでしょう——

「ああ。いくら仲を引き裂かれたからって、如水には何の罪もないからね。いっそ、後宮に入れば、味方ができるかも知れない」

——じゃあ、桜花になってくれる？——

「姉さんまで出てきたんじゃ、もう逆らえないよ。うん、分かった」

桜花は立ち上がった。

——ねえ、蓮華。信じてくれる？　私、王様が大好きだったの——

「どこが好きなのさ、あんなやつ」

——それは、あなたがこれから知ることよ——

この世界を充たした光はますますまばゆく輝き、その光に溶け込むように、姉の姿は薄れていった。

「待って！　待ってよ、姉さん」

——如水をお願い。それと、あなた自身も幸せになってね、蓮華。……ううん、これからはあなたが桜花ね。きっと、幸せになれるから——

「待ってってば！」

焦った蓮華が駆け寄ろうとしたとき、目の前が真っ暗になった。

……気がつくと、蓮華は如水を抱いて、板張りの床にひっくり返っていた。

「大丈夫ですか。桜花様」

烈火がまぶしそうな目で、こちらを見ていた。

蓮華は、起き上がると目じりの涙を片手で拭った。

「いやだ……うち、泣いてる」

「驚きましたぞ。急に床に転がったかと思うと、わけの分からないことを口走り始めて……」

烈火はまだ落ち着かない様子だ。

「この世とあの世の境へ行ってきました。桜花姉さんに逢いました」

蓮華は大君に報告した。

「桜花は何か言っていたか」

「やっぱり、うちに桜花になって欲しい、って」

蓮華は肩で息をしていた。

「他人ならまだしも、たったひとりの姉さんに頼まれたんじゃ、断(こと)わるものも断われません。自分が見た物、聴いた声を信じます」

「ユタの血は、薄れておらぬな」

大君が、納得したようにうなずく。

「きょうからは、ノロなんでしょう」

蓮華は、桜花がそうしていたように、うっすらと笑った。

大君も微笑んだ。

「お前たちには、亜麻仁御殿のすべての者が付いておる。……今度の桜花は、かなり気が強そうだ。怖い物はあるまい」

「いかにも、約束したのでございます。如水と、それに、わたくし自身の幸せも、守りぬくことを」

『いかにも』？　『わたくし』？

ちょっと待った。蓮華は子どもの頃から大人に交じって暮らしてきたせいで、ていねいな口調は身についてはいない。

ユタで霊のことばを出したからといって、しょせんはその場限りの霊が発することばで、自分のものにはなっていないのだ。

考えられること、と言えば……姉の桜花が、やんちゃな妹を心配して、ことばづかいを変えさせたのではないか。ひとつ、試してみようか。

「わたくしに、何ができるか分かりませぬが、如水の命だけは、きっと守ってお目にかけとうございます」

ほら、やっぱり。『わたくし』だとか『××ませぬ』なんて、よっぽど上品なことばだ。姉が手伝ってくれているのだとはっきりわかった。普段の蓮華なら、『うちに何ができるか知らんけど、如水の命だけは、絶対守ってみせるさ』とか何とか言っているところだ。

姉がそれほどまでに思うのなら……。

やはり、如水には、自分が必要だ。そう思わざるを得なかった。

「頼んだぞ、蓮華。いや、桜花」

「はい、大君」

蓮華は応えたが、自信はまるでなかった。だが――。

(まあ、なんとかなるさ)

胸の中でつぶやくと、なんだか強くなれそうな気がした。

こうして英桜花、こと蓮華は、後宮への道を歩み始めた。

第二章

王宮に上がるまでの二週間、蓮華は女官として、朝起きたときから夜眠るときまでの特訓を受けた。

桜花の力にも限界があるようで、蓮華は、座布団に座るときなどつい、『よっこらせっと』と言ってしまうのを、木怜が根気よく直した。

他にも士族には、着る物の違い、箸の使い方、ふすまの開け閉めなどと、礼儀作法が山とある。それを集中的に学ぶと、くたくたというか、何か甘いものでも腹一杯食べたいところだが、それどころではなかった。午後になると烈火が、簡単な唐手(からて)の型、それに懐剣の使い方などの教師となった。よっぽど逃げ帰ろうと思ったほどだ。

そんなこんなで二週間があっという間に経ち、蓮華と、如水を抱いた木怜とは、牛車に乗って王宮へと向かった。牛車の外には、刀を背中にかけた烈火が、付いて歩いている。

「のう、木怜」

蓮華は、木怜にも仕込まれて、すっかりかしこまった口調になっていた。

「何でございましょう」

「子を産んだことはあるのか？」

「娘をひとり。間もなく五つになります。父親は、戦で亡くなりました」

「五つ……ならば、乳はもう出ぬか」

言うと、木怜は何とも言えない表情を浮かべた。

「それが、如水様がご機嫌の悪いとき、試しにわたくしが乳を含ませてみたところ、出たのでございますよ。それからというものはずっと、わたくしの乳を差し上げております」

「それは都合が良い」

「と、申しますと？」

「私は十七。おまけに子どもを産んだこともない。当然、乳は出ない」

「さようでございましょうね」

「むかし、街で聴いたのでは、こういう赤児には米のとぎ汁を飲ませる、という話だった。けれど、毎日とぎ汁というわけにもいくまい」

「と、おっしゃいますと……」

「正式に、如水の乳母になってくれぬか。それなら私も安心だ」

「かしこまりました」

木怜は即答した。

「良いのか？　安請け合いをして」

「その方が、如水様をお守りするのにも、都合がようございますゆえ」

「木怜。お前、……良い奴だな。大君の前で恥をかかせたのに」

「もはやあのときの方と同じ方と思えませぬ」

木怜はにっこりと笑った。

「この二週間、苦手なことも多かったでしょうが、よく辛抱して学ばれました。そういう方には、真摯にお付き合いいたします」

「ありがとう。よろしく、頼む。それと、もし私たち親子が危ない目に遭ったら、私はいいから如水を連れて、逃げてもらいたい」

「それはもちろんですが――」

きっぱりと、木怜は言った。

「わたくしは、桜花様親子をお守りするよう、言いつかっております。いざというときには、命にかえてもおふたりをお守りいたします」

しかし、蓮華もしぶとかった。

「いや、違う。そういう意味ではない、ただ、ものには順序というものがあろう。まさかのときは、私の命は私が守る。これでもひととおりの修行は積んだ。めったなことで私を殺せはすまい。だが如水がいては、ことばは悪いが足手まといにもなりかねぬ。——頼む」

蓮華が頭を下げたので、木怜は焦ったようだった。

「どうか、頭をお上げ下さい。分かりました。いかなるときも、如水様を第一にお守りいたします。ですが、どうか桜花様も、わたくしと烈火殿に守らせて下さい。……のう、烈火殿」

車の外へ声をかけると、烈火の声がした。

「万事、承知」

その声のたくましさは、蓮華の前でどぎまぎしていたあの烈火とは、思えないほどだった。

そうだ。自分は守られているのだ。本来なら、ほとんど口をきくこともない武官や女官に。少しは厚意に甘えても……。

（いいよね、姉さん）

心の中でつぶやいた。気のせいか、姉の声がきこえたようだった。

――あなたの好きなようになさい――


そのうち、牛車は石垣の多い、傾斜の急な珊瑚の道へと入って、止まった。すだれの中から蓮華が行く先を見ると、どこまでも続く石垣の中に、漆塗りの狭い門があり、蓮華たちはそこへ向かっているのだった。門には金文字で『淑徳』と書いてある。

「ここが淑徳門。ごく一部を除いて、すべての男子は、たとえ王族であろうとも、入ることはできないのですよ」

木怜が説明してくれた。

見ると、北西の方角に、正殿らしい建物がそびえている。いや、待てよ。それでいいのか？

「木怜。後宮と言えば、普通、正殿の後ろにあるから『後ろ』の字が入っているものではないのか？　何だか、こちらの方が前に当たる気がするが」

「もともとは、そうだったのです」

木怜はわずかに目を伏せた。

「ですが、尚鳳様がまだ王妃だった時代に、運気の良い南東の庭が空いているのを見つけて、後宮を正殿から離して再建したのでございます」

ということは、後宮から見回したとき、やはりあの北西にあるのが、正殿ということになる。

風水で、北西は鬼門。縁起の悪い方向だ。南東が最高とされるはずだ。

蓮華は、風水をほんの少ししか知らないが、陽尚鳳は国の実権を握っているとも言われる人。後宮というもののために正殿を不吉な場所としてしまうその、執念のようなものには、背筋が寒くなる思いがした。

「ほんとうに、大丈夫なのか」

「私にお任せ下さい」

烈火の声がした。

牛車は止まった。

「亜麻仁御殿より参った。ご開門願いたい」

烈火は、大声で呼んだ。

間もなく、門が細く開き、年かさの女官が現われた。

上品な薄茶色の単衣をまとい、その縫い取りの細かさなどを見ると、位はかなり高そうだ。眉をひそめ、きつそうな目をしている。貫禄負けしそうだ。

もっとも服装だけを見れば、蓮華の方が、何枚かの色とりどりの着物を重ね着して、金の糸でハスの花の縫い取りをしている。王族にふさわしい着物、と亜麻仁大君が見立ててくれたのだ。

何より、女官ははだし、蓮華は足袋を穿いていた。この時代の青蘭国では、士族と言えどもはだしが普通なのだった。

女官がてきぱきと尋ねた。

「話は聴いておる。そなたが桃原烈火か」

「いかにも」

「それなら、割り符を持っておるはずだの」

(何か、できる女って感じ……)

「ああ、ここにある」

烈火はふところを探って、板を取り出した。表に、文字らしいものがいくつか、筆で書かれている。女官に渡した。

女官も、自分の板を出した。烈火から受け取って、二枚を水平に合わせた。

蓮華は目を見張った。ちょうど、板にまたがるように、文字は書かれていたのだ。二枚を合わせることで、文字の列がぴったりと合った。

『万国津梁』

女官は、からからと笑った。さっきまできつそう、と思っていた目は、鋭さは変わらなかったが、どうやら蓮華を『仲間』と見てくれているように輝き、ひそめていた眉も普通に返って、どこか親しみを感じさせた。

その女官が言った。

「久しぶりだの、烈火殿」

烈火も笑って応える。

「一年ぶりであろうか。後宮の女官を御殿に招いたときだ。西の国の使者をもてなすためだった」

つまり、割り符の儀式は形だけのもので、烈火と女官は前々から親しい間柄だった、というわけだ。

「あれも、尚鳳様の気まぐれであったな」

女官は苦笑いをして、

「それで、こちらがうわさの、ノロの家から出た王妃様か」

「うわさ、とは……？」

(どうせいいうわさじゃないだろうな)

おそるおそる蓮華が訊いてみると、女官は表情を引き締め、両手を胸の前に組み合わせて頭を下げた。

「これはご無礼をいたしました。お許し下さい」

「あ、ああ」

ずいぶん身分も高いだろうに、ていねいな態度だ。

「我が名は摩耶(マヤー)。宮中の事務方は、わたくしが取り仕切っております。何かありましたら、すぐにお申しつけ下さい」

そしてまた、笑顔になった。

「ご心配には及びません。後宮の女は、刺激の少ない暮らしを送っておりますので、面白そうなことには、敏感なのでございますよ」

「私は、面白いのか。さらし者にはされぬか」

「腹を割ってお話ししますと、表向きは、誰も王妃にはかないません」

「裏は？」

「すぐに分かることでございます」

「何やら、物騒だの……」

「事情の一切は、御殿からの使者を通じて、この胸に収めてございます。逃げ出したくなったときには、お呼び下さい」

そう言われると、なんだか不安になってくる。

「いますぐ、というわけには……いかぬのであろうな」

「冗談がすぎますよ、身代わりの王妃様」

摩耶はまた、からからと笑った。

「あ、知ってるの？」

思わず素に戻って訊くと、

「気を抜いてはなりません」

摩耶は真顔になって首を振った。

「壁に耳あり、障子に目あり、と申します。いつ、誰が見ているか、話を聴いているか分からぬ、そのくらいの気構えでいらして下さい」

「窮屈だ、のう……」

蓮華はため息をついた。

摩耶は淑徳門を開いた。

「ここから先は、商人の荷車を除いて、牛車では通れない決まりです。降りて、歩いて門を越えていただきます」

つまり、ここからが後宮……。

不安のあまり、やけになって、

「よっこらせっ、と」

大声でどなりながら、蓮華は牛車を降りた。

「桜花様！」

木怜が大声を上げた。

「す、すまぬ。その、緊張が解けて、つい……」

「先が思いやられますね」

木怜はつぶやいた。

「まず、陽尚鳳様にお会いいただきます」

王母・尚鳳の屋敷。長い廊下を歩きながら、摩耶が説明した。

「何事も、初めが肝腎にございます。くれぐれも、お義母様（かあさま）のご機嫌を損なわぬよう、お気をつけて」

摩耶は優しく、蓮華たちを案内したが、——。

「おっと、烈火殿。その段を踏んではならぬ。ここから先は、いかなる取り決めも通じぬ。文字通りの男子禁制じゃ」

廊下が二段、上がっている所で、摩耶はすっ、と振り返り、通せんぼをした。

「しかし、摩耶殿。桜花様は……」

さきほどまでは親しかったはずの人にたちはだかられて、烈火も弱り果てているようだ。

ここは自分が頑張るところだ。蓮華は胸を張った。

「烈火。ここで待つがよい」

言って、振り向いた。

「行くぞ、木怜」

「は、はっ……」

木怜も、見ていた烈火も、その度胸に驚いたようだ。

ユタの体験で、貫禄はその気になれば出せないわけでもない。にんまりとして、蓮華は運命の階段を昇った。

（――たったの、二段だけどね）

少し歩くと、壁のない、広い部屋があった。奥を除いて三方の板戸が開かれていて、中が暗いので、外の景色がまぶしい。

部屋の前の廊下で、摩耶が説明してくれた。

「後宮の中でも、とりわけ特別なお屋敷の、特別なお部屋です。王母、尚鳳様が、お客様をお招きする所なのですよ。ここでは、あらゆる掟（おきて）は、尚鳳様のお気持ちひとつで、白を黒にも、上のものを下にもできるのです」

摩耶は言った。

「白を黒にも……塗り替えるということか？」

蓮華のことばに、摩耶は大笑いして、その先を抑えた声で説明してくれた。

陽尚鳳は南の城（グスク）で生まれた、根っからの士族の子だった。

ただ、士族の女性は働く苦労もないので、おっとりしている娘が多いのだが、尚鳳は生まれつき気性が激しく、何かあると、お付きの者を厳しく罰する。父親が甘いせいもあって、城内の役人を斬らせた、といううわさもある。

そんな尚鳳を、王宮に上げたのは、教育してもらえば少しは気が収まるかも知れない――という母親の願いからだった。

しかし王宮、いや、後宮に上がった尚鳳は、ますます生まれ持った気性を発揮した。なかなか子どものできない先王に、巧みに取り入り、世継ぎを得た。先王には、他にもふたり、子どもが産まれたが、どちらも長生きはできなかった。後宮では、尚鳳が大事を取って、毒殺したと、もっぱらのうわさだ。

尚鳳は、よほど悪運が強いのだろう。世継ぎ、つまり尚堅が生まれた頃には、誰も逆らえないほどの、権力を握っていた……。

摩耶は、声をさらにひそめた。

「ですから、いまとなっては、尚鳳様に逆らえるのは、実子の尚堅王様しかいないのです。もし逆らったら――」

「逆らったら？」

「斬られます。詳しく知りたいですか」

「え、遠慮して、おこうかな……」

「せいぜい、お慎み下さい。尚鳳様は、特に、濃いお化粧をしていらっしゃいます。

そのお化粧についてだけは、触れたとたんに斬られます」

摩耶がきっぱりと首を振った。それから、

「木怜様。如水様と縁側に控えていて下さい。何かあったら、庭に出て逃げて下さい。尚鳳様のご機嫌を損なわれたら、少なくとも如水様だけは、逃がして差し上げられるよう、淑徳門を、しばらく開けておきます」

「それで、私は？」

思わず蓮華が訊くと、摩耶はあっさりと答えた。

「斬られます。諦めて下さいませ」

「結局それか……」

まげを崩さないように気をつけながら、蓮華はぼやいた。

後宮に入るに当たって、まげだけは崩さないようにせよ——木怜からは、そう教わっていた。王宮は、男も女も、髪が命だ。ハゲてしまったために、クビになった武官がいるほどだ。

「誰ぞ」

部屋の中から、女の声がした。

「恐れながら尚鳳様。桜花様をお連れいたしました」

亜麻仁御殿と同じように、坪庭に面して奥の方に畳を張った場所があり、そこに老女が座っていた。

紺の地に金色で、鷹が羽を広げたさまを縫い取った上衣に、金のかんざしを挿している。顔を、これ以上もないほど真っ白に塗り、けだるそうに脇息にもたれて、こちらを見つめている。

いくら白塗りしても、顔のしわは隠しきれない。手には、これもアダンの葉でこしらえた大きなうちわを持ち、自分をあおいでいた。

一応、あいさつの仕方は教わっていたが、いざ実践となると緊張する。それでもひとりでに、座布団を避けて床に座り、両手を突いていた。

「尚堅様のご寵愛をいただきました、英桜花にございます。尚鳳様には、ご機嫌うるわしゅう――」

「堅苦しいあいさつは、抜きにしようではないか」

意外にも、王の生母、尚鳳はにこやかに応じた。

上目づかいに見ると、しわの間に白粉が詰まって、ひびが入っているかのようだ。はがれてきたら怖いだろうな……ちょっと待てよ。

木怜に教わったのでは、尚鳳が息子、尚堅を産んだのが二十歳のときというから、まだ五十代でも前半のはずだ。

　亜麻仁大君は、六十を過ぎているが、これほどの濃い化粧をしてはいない。それはつまり、必要がないからだ。一年を通して国事に関わっている大君がしわだらけにならず、五十代の尚鳳が、しわだらけの化け物になるなんて、――。

（ひょっとして、たたり？）

　ユタの修行をする中で、蓮華が学んだことがある。身に余る術をむやみに使うと、その者はひとより早く歳を取る、という話だ。実際に、歳を取ってしまった者も見た。ちょうどいまの尚鳳のように、しわだらけになっていた。

　それでは、国王の母は、まさかユタ？

　いやいやいや、そんなことがあるはずがない。平民よりも身分の低いユタだとしたら、それこそ国を揺るがす大事（おおごと）になる。何かの秘密があるのだろう、と思ったが、決して口に出してはいけないと言われていることだ。

　さて、どうしよう。

　黙ってひざを突いていると、尚鳳はまた笑った。

「桜花。お前には、礼を言わねばならぬの。この私が初孫に逢う日が来るとは、少し前までは、思いもよらなかった。後宮には、まだ子どもを産んだ女官はいない。それだけでも、ありがたい」

どう受け取っていいのか悩ましいことばだった。

(良い子を産んでくれた、礼を言います)

(ひとり息子をたらしこんで、子どもまで作るとは、この不届き者)

どっちだろう……ほめられているのか、けなされているのか。

考え込んでいると、尚鳳はからからと笑って、

「ずいぶんと、無口な姫君じゃの。尚堅は、どこが気に入ったのかな」

えーと……蓮華は冷や汗をかいていた。ちょっとでもよけいなことを言うと、たちまち斬られてしまう、らしい。

とりあえず、平伏しておいた。

「恐縮にございます」

何があっても、『恐縮にございます』と『承っておきましょう』を使いこなせれば、だいたいのことは片が付く——木怜が、そう言って教えてくれたのが、いま役に立った。

「どれ、そのような場所におらず、わが初孫を抱かせておくれ」

「はっ」

木怜は、ことばではそう言ったものの、一向に如水を連れて来ようとはしない。おびえて硬直しているように見える。

しかたがないので、蓮華が縁側へ出て如水を抱き取った。

「どうした？　木怜」

ひそひそと蓮華が言うと、木怜は、何やら泣きそうな顔で、

「わたくしはちょっと……申しわけございません」

そのおびえ方が気になったが、とりあえずは如水だ。抱いたまま尚鳳へと近づき、そっと渡した。

「如水にございます」

ここで如水が白粉の化け物に負けて泣き出したら、どうなっていたか、後で考えると怖ろしくて震える思いだったが、さすが姉の息子、とびっきりの笑顔を尚鳳に見せてくれた。

……桜花は、たしかによく笑う子だった。その笑顔で、ユタを脅かす士族や平民まで、誰も逆らえない『特技』を持っていた。その血を、如水もたしかに受け継いでいるらしい。

人見知りをしない如水に、尚鳳はすっかり気をよくしたらしく、

「そろそろ昼餉（昼食）の時間。誰ぞ、粥を……いや、産まれて間もない子じゃ。重湯を持て」

「あの、重湯とは……」

尚鳳お付きの女官が、困ったような顔をした。

重湯とは、水分を多くして炊いた『粥』から、さらに米粒をこして、残った汁である。この国では乳を飲むくらいの幼子にも飲ませる。

しかし、誰も『私が作ります』とは言わなかった。

考えてみれば当たり前の話で、後宮に仕える女官は、ほとんどが未婚だ。重湯など作ったことがないとしても、さほど不自然ではない。

「あの、……尚鳳様。如水にはそこの木怜が乳母となって、乳を飲ませております。それではご不満でしょうか」

おそるおそる言うと、尚鳳はきっ、となった。

「かわいい初孫に食事を取らせるのを、いやだ、と申すか」

どういう態度を取ったらいいのだろう。

そんなに孫がかわいいのなら、重湯ぐらい自分で作ってもいいのではないか？　まあ、貴人ともなれば、初孫とはいえ赤児の世話などはしないのか。だったら、とにかく如水を返して欲しい……何か起きる前に。

「おそれながら……」

木怜が蚊の鳴くような声で言った。顔は伏せたままだ。

「わたくし、乳母として、重湯の作り方も、はばかりながら心得ておりますが、わたくしではいけませんでしょうか」

尚鳳は、面白いものを見たような顔になった。

蓮華は木怜に感謝した。自分でも作ったことがないのだ。へたに王宮の女官に任せては、何が出てくるか分からない。

「ふむ。では、作らせてみようか。よいな、桜花」

「はい。お義母様」

尚鳳は女官たちの方を向いた。

「厨房(ちゅうぼう)を貸してやれ。重湯の材料は、青い壺(つぼ)の米を使え」

「かしこまりました」

どうやらここには料理の責任者がいるらしく、脇に控えていた、地味な女官が立ち上がった。

「木怜様。こちらへ」

引き連れられて、木怜は厨房へと向かった。

さあ、ここは如水と蓮華の面目の見せ所だ。蓮華は緊張した。

「とびきり暑い日だったそうじゃな」

ふいに尚鳳が言った。えーと、何が？　……あ、そうか。出産日か。

「えっ？　あ、はい！　もっともお産の苦しみで、暑さに気がつくいとまもございませんでした」

御殿で教わっておいてよかった。妊娠から出産までの桜花の言動は、ほとんど頭に入っている。

尚鳳は、重々しくうなずいた。

「まこと、子どもというのは産むのに手がかかるものよ。まあ、その分、かわいいものではあるがの」

「さようにございますね」

突然、話を振ってくるのも、試練のうちなのだろうか。

周りの女官は、にこりともしない。声もかけない。むっつりと押し黙って、座っているだけだ。何だか息苦しい。

いますぐこの窮屈な後宮から、如水を連れて逃げたい。蓮華は本気でそう思うほどだった。

間もなく、先ほどの女官に連れられて、木怜がお膳を持ってきた。

「こちらでございます」

あれ？　蓮華は、妙な感覚に捕らわれた。なんだろう、このいやな予感……。

「どれ、ばあばが重湯を進ぜよう」

尚鳳が重湯を、木の椀(わん)から木の匙ですくい上げようとした。

——ふいに、蓮華の意識がとぎれた。

おそらく、実際には一秒か二秒のことだっただろうが、蓮華には長い長い時間が経ったように感じられた。

尚鳳の腕に抱かれた如水が、木の匙をくわえている。にっこりとした表情が、そのとき苦しそうに歪(ゆが)んだ。それと同時に、ごぼっ、と真っ赤な血を吐き、全身がけいれんした。

「如水！」

叫んだとたんに、目が『醒(さ)めた』。

「いかがいたした？　桜花」

声の方を見ると、尚鳳は匙で、椀の中の重湯をすくい上げたところだった。

「お待ち下さい！」

蓮華は大声で叫んでいた。

「何だと言うのだ」

手を止めて、尚鳳は眉をひそめる。

「申しわけございません。どうしても、聴いていただきたいお話がございます。ご無礼とは存じますが、一度、一度だけ、その匙を置いて下さいませ」

「いったい、何のつもりかな」

尚鳳は、——おかしい。表情が読めない。怒っているようでもあれば、ただとまどっているだけのようにも見える。

いずれにせよ、その複雑な表情のまま、尚鳳は木の匙を椀に入れたまま、畳の上に置いた。蓮華は思わず、ため息をついた。

「無礼を働いてまで、言いたいこととは、桜花、何ぞ？」

蓮華は、意識の下で思いついたことを言ってみた。何、運が悪ければ、死ぬだけのことだ。

「はるか西方の黄金言葉（ことわざ）では、銀の匙をくわえて産まれてきた子は、生涯、食うに困ることはない、と申します」

「それがどうしたと――」

「もちろん、こうして陽王朝の王族として生まれた子は、暮らしに困ることはないでしょうが、わたくしは黄金言葉に従って、如水には、親代々伝わる銀の匙で、重湯を食べさせております」

それはほんとうの話だ。重湯ではなく、米のとぎ汁だが。

「如水もすっかり慣れておりますゆえ、匙が変わると、勝手が違って、むずかるかも知れません。そのような失礼があっては、ご不快にもなられるかと……どうか、この匙で重湯を食べさせて下さいませ」

蓮華は、持参した巾着から、銀の匙を出した。

「ううむ……」

尚鳳は、迷っているようだ。

蓮華は、唇をかむ……わけにもいかないので、それは胸の内に収めて、如水に柔らかく微笑みかけた。

「だあ」

如水は何も知らずに笑っている。『こっちへ貸して』というように、手を蓮華の方に伸ばした。

この笑顔を守れなければ、名前まで捨てて身代わりになった意味がない。蓮華はもう、母親なのだ。

「如水も銀の匙に慣れておるようでございます。どうぞ、わたくしのわがままをお許し下さいませ」

蓮華は頭を下げて、両手を床に突いた。

「好きにするがいい。だが、そこまでこだわるのなら、桜花。お前が重湯を食べさせるのがよかろう」

尚鳳は、さも機嫌の悪そうな声で言った。あえて無視するには、かなりの勇気が必要だった。

「ありがとうございます。木怜」

「はいっ」

「如水と重湯を、こちらへ」

木怜は尚鳳から重湯を受け取り、いったん蓮華の前に置いた。それから如水を預かり、蓮華に抱かせた。

受け取った蓮華は、銀の匙で重湯を何度か、かき回した。

そして、さも驚いたように、大声を上げた。

「これはどうしたことでしょう」

「何か不都合でも？」

「こちらでございます」

手にした匙は、不吉に黒ずんでいる。尚鳳も眉をひそめた。

「これは、いったい……」

蓮華は、すらすらと説明した。

「銀の器は、毒に触れるとたちどころに黒ずむ、と言われております。……この重湯には、毒が入っております」

「なんと！」

尚鳳は驚いてみせた。が、蓮華にはその驚き方が、少しわざとらしいように見えてならなかった。

尚鳳は、辺りを見回した。

「この重湯を作ったのは、誰ぞ？」

「わたくしにございます」

木怜が震えながら応えた。さっきそう言ったじゃないか。

しかし、尚鳳は平然と切り返してきた。

「まちがいはなかろうな」

蓮華は、緊張しながらも、内心舌を巻いていた。この婆さん、とんでもない食わせ者だ。

「お前ひとりでこしらえたものか」

「は、はい」

「器を運んだのは、誰か」

「それも、わたくしひとりでございます」

「と、いうことは――毒を入れることができたのは、お前だけだな」

「それは……」

木怜は床にぺたん、と座り、涙を流し始めている。これから自分がどうなるか、よく知っているのだろう。

女官がひとり、懐剣を抜いた。男子禁制の場所なので、女官が代わりを務めているようだ。

次代の王の命を狙ったとなれば死は免れない。

王の母であろうともそれは変わらない。一女官に至ってはなおさらのことだ。

どうしたら助けてやれるだろうか……。

待て。ここは思案のしどころだ。

尚鳳は『青い壺の米を使え』と言った。だが冷静に考えて、ひとつの台所に米の壺がいくつもある、というのは不自然だし、青は食欲をそそる色ではない。現にいままで立ち寄ったことのある厨房で、青い壺などというものを、見たことはない。毒は、青い壺に仕込まれていたに違いない。

だが、ここでそれを言っても、言い抜けられてしまいそうだ。

尚鳳は木怜をにらみつけ、氷のような声で告げた。

「その罪は万死に値する」

そんな……。

思わず、蓮華の口からことばがころがり出た。

「お待ち下さいませ。わたくしにはどうしても、この木怜がそのようなことをするとは考えられませぬ」

「たかが一女官の身を、私に逆らってまで守りたいのかな？　桜花」

ここは女の見せ所だ。蓮華は言いつのった。

「木怜は、まだ如水を産む前から、私に仕えて参りました。いまになって如水を殺すいわれはございません」

「それは拷問にかけて――」

年かさの女官が言ったので、蓮華はそちらをにらんだ。

「木怜は、わたくし付きの女官です。勝手に拷問にかけるなどとは、このわたくしが許しません」

そしてまた、尚鳳の方を向いた。

「もし如水が死ぬようなことがあれば、そのような所業に出たのが木怜本人でなくとも、管理の不行き届きで、どのみち生きてはおられません。どちらへ転んでも先がない身でございます。命をかけるわけがありません」

「何もかも、お前に都合のいい話だの」

尚鳳は、嘲笑った。

「木怜を殺すのは、いつでもできることです」

内心の怒りを抑えて、蓮華は言った。

「しかし、万が一、別の者が命を狙っていたのなら、わたくしは腹心の部下を失うことになります。木怜は、亜麻仁大君によって、わたくしに付いて参りました。それが、大君にとって誰よりも大事な如水をここで殺そうと思うなどとは、毛ほども信じられないことにございます。……わたくしも、木怜には如水が産まれる前から世話になっておりますし、産まれた後も、こうして乳母として仕えてもらっておりますので、連れて参りました」

「しかし私の生きているうちに、未来の国王が謀殺された、とあっては、わが面目は丸つぶれだ。我慢がならぬ」

不快そうに、尚鳳は言った。

「それなら、木怜の身は、わたくしに預けてはいただけますまいか。もし今後、木怜に怪しいことがあれば、そのときは、わたくしが臣下に命じて、木怜を斬罪にいたしましょう。——いかがでしょうか」

「そなたは……」

尚鳳はきっ、となって、蓮華を見つめた。

ここは賭けだ。蓮華は声を張り上げた。

「せっかくのお祖母様との初対面の場に、血が流れるようなことがあっては、縁起が悪うございます。——ここはお納め下さい」

今度は、尚鳳がわなわなと震える番だった。どうせ怒りがゆえの震えだろうが。ここで蓮華は切り札を切った。

「それがかなわぬなら、わたくしも、いまここで、斬って下さいませ。青蘭国をも揺るがしかねない不祥事を起こしたのは、このわたくしでございます。亜麻仁大君に、申しわけが立ちませぬ」

「お前は……」

人前で蓮華を斬れば、うわさはたちまち伝わる。いかにここにいるのが、みな尚鳳の腹心の部下とはいえ、人の口に戸は立てられない。

ノロの子ひとりぐらい、簡単に言うことをきかせられる、――と尚鳳は思っていたようだ。唇をかんで、濁った目でこちらをにらみつけている。ひょっとしたら自分も消される……。

そのとき。

「何事です、母君」

声と共に入って来たのは、――。

誰？　この男。

蓮華は少しの間、男の顔に見とれた。それほどの、上品な男性だった。

「尚堅。お前の妃（きさき）は、とんだはねっ返りだの」

尚鳳が不快そうに言う。じゃあ……。

考えるまでもない。これが尚堅王その人だ。

　烈火も相当な美男子だが、あちらはがっしりとして大柄な、『偉丈夫』とでも呼びたい男だ。その烈火に比べると、尚堅はほっそりとした体格で、色も白く、顔つきも優しげだ。

　しかし、その目は賢さをたたえて澄み、唇はしっかりと結ばれ、強い意志を感じさせる。芭蕉布で作られた薄緑の上衣に濃い緑の太帯、頭にかぶった通称『鉢巻』は一種の帽子で、薄茶色の鉢巻は、王族の男子にのみ、着用が許されたものだ。

「お、……お久しゅうございます、尚堅様」

　かろうじて蓮華が言うと、尚堅はむっつりとした表情になった。

「いま、外の廊下にいた武官から、話は聴いた。その女官が、わが子を毒殺しようとしたそうだな」

　ちょっと待ってよ、蓮華は言いたかった。毒殺を企(たくら)んだのが自分の母であることぐらい、分からないのか。やはりうわさどおり、王はふぬけか？

「それは――」

　蓮華が言いかけると、

「お前は黙っておれ」

　尚堅は、蓮華をひと言で退けた。その冷酷さは、母譲りだろうか。いずれにせよ、味方にはなってくれそうにない。事件が、どんどん広がっていく……。

しかし尚堅は、よく通る声で、訊いた。

「木怜とやら」

「は、はい」

木怜は、まだ涙を流したままで、かろうじて応えた。

「ほんとうに青い壺の米を使ったのか」

「さようにございます。そう言いつかり——」

「何かのまちがいであろう」

尚堅は薄く笑った。

「青い壺の米は、ネズミ退治のための毒餌だ。わが母、尚鳳様が、それをまちがえるはずがない。——そうではありませんか、母君」

そんな！　いままでの、うちの努力はどこへ行ったの？　懸命に話して聴かせたものが、いま来たばかりの尚堅によって、全部ひっくり返ってしまった。

木怜は、恐怖を通り越して、茫然（ぼうぜん）となっている。一度は助かったかに見えた自分の命が、再び、しかもより強い力で否定されてしまったのだ。今度こそ、自分は死ぬ、と思っても、当然のことだろう。

自分が刀を持っていたら——蓮華は思った。尚鳳も尚堅も斬り殺して、如水と木怜を連れて逃げてやるのに！　だから後宮なんか、来たくなかったのだ。

「いかがですか、母君」

尚堅は再び、生母に尋ねた。

「そんなことは……」

尚鳳は口ごもったが、

「いや、確かにお前の言う通りだよ、尚堅。私は、茶色の壺と言った。皆も聴いておったな」

立て続けに言った。

「いかにも」

「その通り」

武官や女官が同意する。摩耶が言った通りだ。

(白を黒に、上のものを下のものに……)

そして、青い物を茶色にするわけだ。

「ですが王様、尚鳳様は——」

言いかけると、尚堅は首を振った。

「黙っておれ、と言ったぞ」

何言ってるの？　このまま黙っていたら、自分たちは斬られる、というのに。

しかし――。

尚堅は、まだ震えている木怜に、無表情な顔を見せた。

「木怜とやら」

「はっ、はいっ」

「二度とこのようなあやまちを、繰り返すな。分かったな」

「……は？」

「これからは、あやまちには気をつけろ。私は、そう言ったのだ」

蓮華は極度の緊張から、いきなり逃れられたことが、信じられなかった。

『罪、万死に値する』木怜と、たぶん責任者ということで自分も斬り捨てられるところが、ただの注意で片付いてしまった。これは一体……。

そこで、気づいた。

先ほどまで、尚鳳は木怜が毒を仕込んだ、と言いつのり、蓮華はその陰謀をあばくのに必死だったのが、尚堅王が「聴き違い」としたことで、木怜の落ち度ではあるが、命を取るほどではない、という、双方の顔を立てた裁定に落とし込んでしまった。木怜の命は、いつの間にか助けられていたのだ。

町場では、形だけの王様、といううわさだが、国王が言ったことならば、誰もそれを覆すことはできない。

自分の姉の死にも関わっている、女にだらしのない、と思っていた尚堅王は、蓮華一生の敵——そう思っていた。こうして見ても、顔つきは美しいが、何の感情もないように見える。その心のない男を、どうして桜花は愛したのだろう。

しかし、あくまで結果とはいえ、木怜も、そして蓮華も助かった。この男、蓮華にとっては『嫌な奴』だが、うわさのように無能とは、どうしても思えなくなっていた。

王が何を考えているのか、蓮華には分からなかった。

しかし、後宮に血は流れなかった。あるいは……。

いずれにせよ、蓮華は尚堅には借りができた。ここはおとなしくしておこう。

尚堅は、蓮華の方を冷たい目で見た。

「桜花。木怜はお前の臣下であろう。不始末だぞ」

「……申しわけございません」

こんな王に、頭を下げるのは悔しかった。

けれど、蓮華はこのために来たのだ。すべては如水のためだ。

そのとき、

「ふわあ！　ああ！」

その場の緊張を察したのか、如水が泣き出した。

「では、木怜は桜花の手許に置く。母君の前には顔を出すな。桜花は臣下を厳しく監督する。それでかまいませんね、母君」

「お前は……いま来たばかりで何が分かるか」

それには蓮華も賛成だった。

しかし、尚堅はたちまちのうちに、木怜と蓮華、それに、直接ではないが、如水の命も救ったのだ。蓮華は、血を見るのが何より嫌いだった。ここは素直に受け取っておこう。

「私は、国王です。下手な裁定をして、評判が下がるのは本意ではありません。お分かり下さい、母君」

なんだ、やっぱり自分が大事なだけか。

心無い言葉を聞いて、蓮華の体は、思わず震えるほど冷たくなっていった。

尚鳳はしばらく息子の顔をにらみつけていたが、

「いまは、親子の対面の場。初めて父が、わが子に逢うのじゃ。年寄りはこの辺で退散しようかの」

立ち上がり、いっとき悔しそうな目を蓮華に向けたが、そのまま出て行った。

尚堅は、蓮華と木怜、それに女官のひとりが抱いている如水を、冷たい目で見回した。誰にともなく、軽くうなずく。

「桜花。共に奥書院へ参れ。木怜は如水を連れて、王妃の屋敷で待つがよい。摩耶、木怜を案内せよ」

言うなりくるりと振り返って、廊下を歩いて行った。

こんな冷たい、しかも尚鳳の肩を持つような奴に命令されるのは、蓮華の誇りが許さなかった。

形だけのことだが、自分は尚堅の妃だ。それを冷たく扱われるのでは、この先が思いやられた。

「それにしても……」

王の後を追いながら、蓮華は心の中でつぶやいた。

(姉さんったら、何でこんな奴の子どもを産む気になったんだろう。それも、命がけで)

尚堅王と蓮華、いや桜花を見送って、つい、

「お屋敷は、遠いのですか」

如水を抱いた木怜が訊いてみると、

「それほどでもありません」

言いながら、摩耶は笑った。

「木怜様でしたね」

「はい。大騒ぎを起こしてすみません」

「みんな、知っていたのですよ。王母様の言いがかりだ、と」

摩耶は、ため息をついた。

「いいのです、もうそのことは。私は命をかけて桜花様をお守りするために、ここに来たのですから――」

「桜花様は、お幸せな方ですね。忠実な臣下をお持ちで。ただ……」

「ただ？」

「これから、忙しくなりますよ。王母様の言うことは、どんな無茶な話でも、聴かなければなりませんから」

「知っております」

木怜は答えた。

「ご存じだ、と？　何かいわれがあるのですか」

「俺も聴いてもいい話かな」

気がつくと、烈火がそばに控えていた。この、気配を殺して近づくのは、烈火の特技だ。

「実は……」

木怜は声をひそめ、摩耶と烈火は首を近づけた。


「ここが奥書院……」

尚堅王に連れられて、蓮華が通されたのは、正殿の裏、代々の国王が執務の間に休憩する部屋だった。三方に壁はなく、庭や聖地、その他の部屋などがひと目で見渡せる。広さは八畳ほどか。

「私だけの部屋だ」

「意外に狭いのですね」

蓮華が思わず言うと、

「その方が、落ち着くこともある」

尚堅は、表情を変えずに言った。

いい部屋だな――蓮華は思った。なんだかんだ言って、後宮は独特の圧迫感があって落ち着かない。それに比べて、この部屋には自由すら感じられる。部屋の主には、似つかわしくないが……。

「如水の顔を、ご覧にはならないのですか」

「それはいつでもできる。いまはまず、そなたの話をしよう」

冷たい顔で、尚堅は言った。

「ひやひやしたぞ、先ほどは。もし、私の目の前で、お前や木怜という女官に何事かあったら――」

「如水が困る、と言うのでしょう」

「その通りだ」

あっさりと、尚堅は応えた。

「そのことについては、お礼を申し上げます。如水に成り代わって」

「仕事が立て込んでおってな。ぎりぎりで間に合ったが、蓮華、お前もせいぜい気をつけろ。いつも私が見ているわけにもいかぬ」

「命がないか、と思いました、先ほどは。王様も結局は、ご自分のお母様の肩を持つのか、と」

「仕方がなかった。だが、お前のやり方では、事は収まらぬ。何より面子が大事な人だからな。後宮は、母君にとっては……」

「白も黒にできる場所なのでしょう。……せいぜい、気をつけます」

蓮華は、この王が、まだ気に食わなかった。

しかし、命という大きな借りがあるからには、どこまでも身代わりの王妃を演じ続けるしかない。

……ふっ、と尚堅が笑った。何だ？　いったい。

「しかし先ほどの、お前の立ち回り、みごとであった。本物の桜花にも、あんなまねができたかどうか……」

おや。自分のことをほめてくれている？　それも姉を差し置いて？

「私がユタをやっていると、──その話も聴いているのですね」

蓮華の問いに、尚堅はうなずいた。

「ああ。銀の匙にあんな性質があるとは知らなかった」

「いろいろな人が訪ねて来て、聴きもしないことまで、よく教えてくれるのです。銀の匙の話は、西洋と取引のある商人が教えてくれました」

「なるほど」

尚堅は感心したように二、三度、うなずいて、

「それで、どうだ。後宮に留まる決心はついたか」

「正直、いやです」

「であろうの……」

尚堅はむっつりとしてうなずいた。

「いえ、続きがございます。いやはいやですが、如水のことがあります」

あくまで正直に、蓮華は続けた。

「さっきのことで、如水が本当に命を狙われていると、はっきり分かりました。それなら、ここで私が後宮から離れるわけにはいきません。如水と桜花のために。如水が笑って暮らせるようなら、命をかける覚悟は、……まああります。きれいごとでしょうか」

「ああ、きれいごとだな。だが――」

尚堅はうっすらと微笑んで首を振った。

「きれいごとで何が悪い。己の命をかけて、自らの産んだ子でもない赤児の命を守ろうとするのは、尊いことだ。それを誰が笑えようか。礼を言うぞ、蓮華」

頭を下げた尚堅に、蓮華はうろたえた。

冷たいように見えたのに……。

しかし、よく考えてみれば、尚堅は蓮華たちの命を救ってくれたのだ。敵に回ることはないだろう、と蓮華は思う。

だったらもう少し、優しくしてくれてもいいのではないか。

何しろ、いまの蓮華は尚堅の妃なのだ。王宮で、たったひとりの味方でもある。それくらい、してもバチは当たるまいに……。

先ほどからの態度は、王と王妃というには、あまりにも淡々としている。実際の夫婦ではない、身代わりの関係なので当たり前だが。助けてくれただけでもありがたいと思うべきだろうか。それにしても、もう少し、本音を出してくれてもいいのではないか……。

いや、違う。蓮華は気づいた。

尚堅は、あくまで桜花を愛した男だ。本音というか立場は、いつも桜花の方にある、そういうことだろう。

それはそれでかまわない。たったひとりの姉を、好きでいてくれるなら、筋が通っている、というものだ。

現にいまも、尚堅は、蓮華を見つめている。気があるはずもないのに、何をいったい気にしているのだろうか。

いや。

尚堅が見ているのは、蓮華ではなく、桜花なのだ。そうとしか、考えることはできない。憎たらしいので、にらみ返してやった。

尚堅の視線と、蓮華の視線がぶつかり合った。

「……なんですか」

むすっとして蓮華が言うと、

「それにしても、お前は姉と瓜二つだな。……気に入らぬか」

ああ、やっぱりそうか。

やっと、王の視線の意味するところが理解できた。

尚堅は、まだ姉さんのことが忘れられないんだろう。だから、見分けがつかないほど似ていても、姉の身代わりの蓮華に気持ちはなく、けれども愛する人にあまりに似ているので、気にしないで捨てて置くこともできないのだろう……。

蓮華はやっと、この王の心に触れたような気がした。

桜花を亡くして悲しいのは、蓮華ひとりではないのだ。

それならそれで、蓮華は割り切ることができた。

「それで気が済むなら、お好きなように思って下さい。ただ、夜のお相手だけは、何があってもお断わりします」

「もちろんだ。私も本物の桜花以外に、妃を持つ気はない」

やはり、姉をよほど大事に想っていると見える。

桜花と比べて魅力がないと、自分を否定されたようなものなのに、蓮華はどこかうれしくなった。

「それにしても王様。王様こそ、機転が利きましたね。壺のことですが」

うれしさのあまり、つい言ってみると、尚堅は軽くうなずいた。

「世間のうわさを、お前も信じているのだな。尚堅王は役立たずのふぬけ、そんなところであろう」

「ええと……こういうときは、ほんとうのことを言うのがいいんですか？　それとも、それこそきれいごとで、王様のご機嫌を取るのがいいのですか？」

蓮華が馬鹿正直に訊くと、尚堅は苦笑した。

「先ほどの立ち回りは賢いと思ったが、気のせいか」

「は？」

「そのことばだけで、きれいごとでは語れない、悪いうわさがある、と分かるではないか」

「あ……」

確かに、ほんとうにいいうわさなら、そのまま言えばいいことだ。

どうやら、王は少なくともふぬけではないらしい。しかしこうなったら、蓮華もやけだ。嫌われるのは覚悟の上だ。

「まあ、国王のおことばは、尚鳳様が書いたものをそのまま唱えているだけだ、とか、いまでもお母様に添い寝をしてもらわないと眠れない、だとか、それから、ノロに対しても……」

「そのくらいでよい」

尚堅は蓮華をにらんでみせた。その目はしかし、怒ってはいなかったが、やはり賢王らしい威厳があって、めったなことは言えないような気がしてしまう。

「何やら、ほんとうのことのような気がしてくるぞ」

「申しわけありません……」

いかん。いくら王様でも、姉の選んだ人でも、簡単に気を許してはならない。この男のせいで、姉は死んだのだから。

「お前は賢い子だ。たくましくもある」

「ほめても無駄です。私はただ、如水を守りに来ただけなんだから」

「そう言わず、このまま桜花の役を務めてはくれないだろうか。仮にも国王として、できることは何でもしよう」

出た。『何でもしよう』。権力者はみんな、これだ。

『お前たちが幸せに暮らせるよう、手を尽くそう』

桜花を御殿へ連れて行くとき、亜麻仁大君はそう言った。それを信じたのが、このざまだ。口では何とでも言える——。

そう思うと、急に怒りがこみ上げてきた。

「みんな軽く言いますけどね、ほんとうに何でも？」

「ああ、何でも言うがよい」

「それなら、姉さんを返して下さい。ひとりっきりの肉親なんだ。うちらはふたりでひとりの姉妹なんです。——できますか」

痛烈な皮肉、のつもりだった。

けれど尚堅は、

「そのようなことか」

何でもなさそうに言った。

「できる、って言うの？」

思わず口調が砕けた。

「ああ。できるもできないも、いま、桜花は私の目の前にいる」

「はあ？」

「お前が、桜花だ」

全身の血が逆流した。

「うちは蓮華だよ。なに、とち狂ってるんだよ！」

思いっきりことばが乱暴になっていた。それほど蓮華は怒っていた。

「あんたはそれでいいだろうさ。姉さんや如水、ややこしいことはみんな亜麻仁大君に押しつけて、自分はこんな所でいい暮らしをしてからに……今度はうちが斬られる番？　だったらもう、さっさと斬ってよ。あんたの体面のために、おままごとみたいな身代わりの王妃をやるなんて、ごめんだね！」

だが尚堅は、落ち着き払って言うのだ。

「わたくしと蓮華は、ふたりでひとり。桜花は家族の話になると、決まってそう言っておった」

「ちょっと待ってよ。あんたは桜花を身ごもらせた後、亜麻仁御殿には近寄りもしなかったんじゃないの？」

「いつ、どこで、誰がそのようなことを申したのだ」

「……あ……」

気がつけば、誰もそんなことは言っていない。

尚堅は、穏やかに話を続けた。

「初めて逢ったときから、桜花はやんちゃな妹のことを、繰り返し、少し淋しげに話していた。その後も、理由をつけて御殿を訪れるたび、話すのは自分のことよりお前のことだ。私もいつしか、見たことのない妹とやらを見てみたい、そういう気になっていた。……それゆえ、桜花亡きいまは、お前を桜花として、形見に思いたい」

いつの間にか、蓮華は尚堅のことばに聴き入っていた。

「ふたりでひとり。ならば、ひとりが死んでも、もうひとりが桜花を務められる。もし立場が逆で、死んだのがお前の方だとしたら、桜花は喜んで代わりを務めたであろう。だから、桜花は亡くなっても、お前がもうひとりの桜花を務めてくれる。……そう考えてはくれまいか」

「勝手なことを……」

蓮華はまた、我に返って尚堅をにらみつけた。

「姉さんは死んだ。そのとき、あんたは何をしていた？　せめて顔ぐらい見に行けなかったの？」

「無論、逢いに行きたかった。亜麻仁御殿からは、桜花が身ごもった、と烈火が知らせに来たのだから。だが、私は国王だ。国のまつりごとは、激しく忙しい。ちょうど海外からの使節が来ていたから、なおさらだ。毎日のように国の内外から押し寄せる書類や人の相手をしていては、外へは出られぬ」

「そんな……じゃあ、鷹狩りのときはどうだったのさ」

「あれは、何ヶ月も用意をして、人も手配して行なわれたものなのだ。それに、野分きが重なって、逗留が長引いた結果のできごとだ」

「そんなに政治（まつりごと）が大事？　惚（ほ）れた女をひとりぼっちで死なせるような人間に、国を率いる資格がある、って言うの？」

　蓮華は立ち上がった。

「うちは亜麻仁大君に、如水の母親になる約束をした。その約束は守る。だけど、あんたは認めない。いくらきれいごとを並べても、しょせんあんたは、自分の子を殺（あや）めようとする母親も罰せられない、あやつり人形さ。顔も見たくない！」

一気にまくしたてる蓮華を、尚堅は、むしろ傷ましいものを見るような目で見ていたが、

「勝手にするがよい」

答えはそれだけだった。

「ああ、勝手にするよ。あんたの力は借りない」

足音も荒く、蓮華は奥書院を出た。

通りすがりの女官に聴いて、蓮華は、自分のための屋敷へと向かった。

代々の王妃が使っていた建物で、蓮華には広すぎるような気がした。

いまのところ、蓮華のお付きの女官は、木怜ひとりだ。別に不満も不便もないが、この屋敷には、数人の女官が住めるだろう。子どもも何人か……。

そこで蓮華はハッとした。自分はあくまで、かりそめの王妃だ。第一、子どもだなんて、あり得ないし、そんな話があったら、とっとと王宮を逃げ出す。

奥の部屋で、木怜が待っていた。

「いかがです？　お叱りでもございましたか」

木怜が心配そうに尋ねる。

「私は大丈夫。それより、お前は平気だったか。命を取られそうになって」

「もう、まちがいなく死ぬものと思っておりました。ふがいのないところをご覧に入れて、恥ずかしゅうございます」

木怜はまだ、少し顔色が悪いようだ。

「誰でも、刀を向けられては、ましてあのような場では、生きた心地はするまいよ。よく、如水を守ってくれた」

「いいえ、わたくしは何とも」

木怜はようやく、うっすらと笑顔になった。

「わたくしが斬られても、代わりはいることでしょう。それに如水様は、自らの力でご自分をお守りになったのです」

「まあ、そう命を軽く扱うな」

「これは失礼いたしました」

木怜は、深く頭を下げた。

「ふわあ、あう」

木怜の腕の中で、如水が笑った。

蓮華はまた、怒りがこみ上げてきた。こんなに魅力的に笑える赤児を、毒殺しようとするなんて、人間のやることではない。

尚堅王も、さっきは偶然現われたが、当てにはならない。

しかし木怜は笑って言うのだった。

「いざというときは、王様が守って下さるでしょう」

「どうだかな」

「信じられない、ということでしょうか」

「王と言えども、しょせんはあの母親の息子。そういうことよ」

「うふあ？」

どうかしたの？　というように、如水が蓮華を見る。

その目つきは、たしかに桜花に似ているように、蓮華も思った。だが、尚堅の子か

と訊かれたら、素直にはい、とは言えなかった。

蓮華は膝立ちして如水に近づき、まだ産毛(うぶげ)の、髪を撫でてやった。

「だあ」

如水は無邪気そうに笑った。

「いい子だねえ、如水は。……ああ、しかし疲れた」

「口調が砕けていらっしゃいますよ」

「分かってるよ。いま、この口調で王様とケンカしたばかりだしね。……後宮に留まる心構えをしたからには、わたくしもそのしきたりは守ろうぞ」

木怜の注意に返事をするひとことのうちに、ていねいなことばづかいになって、それでも蓮華は、手足を投げ出して床に寝転がった。

ここ数日、いろんなことがあり過ぎた、と思う。

「これも定めか……」

後宮に上がるしか選択肢はない、と思ったのは、蓮華自身にとっては、まちがいだったかも知れない。

無理やりにでも如水を街に引き取って、市井に紛れれば、一介の平民となって、それなりに安穏な暮らしが送れたかも知れないのだ。それを相手の正体も知らず、うかつに身代わりを引き受けた自分に、嫌気が差した。けれど……。

そんなことはできない。あの王母なら、草の根を分けてでも如水を見つけ出して殺そうとするだろう。そして、尚堅王もわが子を手に抱くためには、邦のすべてを探すだろう。そうしたら、如水は王家に取られてしまう。尚堅が平民になることなど、たとえ本人の意志でも考えられない……。

「桜花様」

木怜はおそるおそる、声をかけた。

「まだ何ぞあるのか」

寝転がったまま見ると、木怜は深々と頭を下げた。

「あの、きょうの一件、何としてもお礼を申し上げなければ、と思いまして。いま、お邪魔でございましょうか」

「疲れてはいるが、いいだろう。きょうはお前も大変だったな」

「いいえ。わたくし三十二のいまにして、王宮の方に命を助けられたことは、いままでには一度しかございません。いくらお礼を言っても言い切れない恩人が、またひとり、できました。このご恩は生涯忘れません」

「ああ、それほどのことではない。あれは如水を助けたついでのようなことよ。案ずるな」

「めっそうもない。倫一族にとっても、あなたは恩人でございます。一族の不名誉な死は、家をつぶしかねないものでございました。……どうか、どんなことでもお申しつけ下さいませ」

「まったく、皆が皆、恩だ義理だ、と厄介なことを言う……」

蓮華は苦笑いした。

「木怜。お前は、如水を守ってくれるか。私のことは心配いらぬ。ずっとひとりで生きてきたのだから、自分の身ぐらい自分で守る」

「桜花様」

真顔で木怜は言った。

「ん？　どうした？」

「失礼ながら、あなたは王宮を……いいえ、後宮というものを、あなどっていらっしゃいます。あなたのまっすぐな、気持ちのいいご気性だけでは、生きて行くことさえかないますまい」

「大げさよのう、木怜」

蓮華は笑ったが、木怜があまりに真剣そうに言うので、居住まいを正した。

「あなたはまだ、世間の女というものを知りません。特に後宮ともなれば、命をかけての出世欲や、権力争いが激しいのです。その争いは、口にするほど怖ろしいものでございます」

「確かに、産まれたばかりの、しかもわが孫を毒殺しよう、というぐらいだからのう……」

蓮華は納得した。が、待てよ。

「木怜。そなたは亜麻仁御殿の女官であろう？　後宮の事情を、どうして知っておるのか？」

「わたくしは、もともと後宮の女官として、後宮に勤めておりました。ですが、五年ほど前、お食事の配膳のとき、出すお料理の順番をまちがえて、尚鳳様の家臣に斬られそうになったのです。それが、命を助けていただいた話でございます」

「それだけのことで？」

笑い話にはできない。あの様子では、尚鳳の気に入らない者は、すぐに斬られてしまうだろう。

如水を守るために、蓮華は王宮に入った。だが、この分では、蓮華自身も命が危ない。尚鳳の機嫌を損ねたら、いや、――何か適当な理由をつければ、蓮華ひとり、たちどころに斬られる。如水がいるからこそ、桜花として生きていられるのだ。その正体が蓮華だ、とばれたら、生きてはいられなさそうだ……。

「で？　生きているということは、斬られなかったのであろう？」

「はい。尚堅様に助けられました」

「尚堅王に？　どのように」

「長い話になりますが……」

ためらいがちに、木怜は言った。

「構わぬ。私はあの王について、もっと知りたいのだ。桜花と如水をこのような目に遭わせたことはいまでも許してはおらぬが、人として、どのような道を歩んできたのか、直に触れたお前に、教えて欲しい」

「それでは――」

木怜は語り始めた。

「その女官を斬れ。うかつにも程がある」

王族が一堂に会する部屋で、陽尚鳳は怒りに顔を紅潮させながら、お付きの武官に命じたのだと言う……。

武官、つまり士族の男はためらっている。それはそうだ。食事の椀の順序をひとつまちがえたぐらいのあやまちで女官を斬っていては、いくら女がいても足りたものではない。

まだ若かった木怜は、もうこれより下げては床にめりこむぐらい頭を下げて、わなわなと震えている。そのような娘を斬るのは、武官にとっても気持ちのいいものではないようだ。思わず振り上げた刀を降ろした。

「どうした、できぬのか」

「しかし、尚鳳様……」

「できぬなら刀を貸せ。私が斬ってやる」

尚鳳が立ち上がると、

「お待ち下さい、お母様」

部屋の一番奥にいる、尚堅が声をかけた。

「お前が口をはさむことではない」

「いいえ、私は国王です。国王が、罪なき女官を斬った——世間では、そのようなうわさが立つでしょう。私は、そのようなうわさはごめんです」

「では、お前ならどうすると言うのです。手足を斬って舌を抜いて、どぶの中で飼うとでも言うのか？」

尚鳳はにやり、と笑った。

「手足を——」

木怜は怖ろしさに号泣していた。

「おそれながら、母君」

尚堅は、頭を下げた。

「この娘、私がもらい受けるのでは、不都合でしょうか。国王が女官を助けた、というわさが広まれば、王家の評判が上がることは必定。……かといって、気に入らぬ者の顔を日々見ているのでは、母君もお怒りが収まりますまい。このような者、亜麻仁御殿に引き取らせましょう」

「亜麻仁……」

尚鳳は、それでもしばらくは、気が進まない様子だったが、

「勝手にするがよい。亜麻仁大君も、できそこないを押しつけられて、さぞかし苦労するであろうよ」

言い捨てて、刀をその場に放り出し、そのまま、ぷいっ、と広間を出て行ってしまった。

「面を上げよ」

まだ震えて、はいつくばっている木怜に、しかし尚堅は薄く笑いかけた。

「母の横暴を、許してやってはもらえぬだろうか」

「……えっ」

許す？　私が？

「私も国王ながら、母をたしなめることはできぬ。だが、いまのことは、どう見ても

母君が悪い。このまま王宮にいては、また斬るのどうのという愚にもつかぬ災難に巻き込まれかねん。私の言うように、してはもらえぬか。この通りだ」

尚堅は、軽くとはいえ、頭を下げた。

「ううっ、ううう……」

安心したあまり、木怜はすすり泣いた。

雲の上の人は、しかし、ほんとうに『人』だったのだ……。

尚堅は優しく言った。

「事情を聴けば、亜麻仁大君のことだ。よくしてくれるだろう」

「ありがとうございます！　王様。木怜、このご恩は、命に替えてもきっとお返しいたします！」

それが、木怜がまだ結婚する前のことだった。

「それ以来わたくし、尚堅様のご恩を忘れたことは、一度たりともございません。いつかご恩を返すときが来るのを待っておりました」

「で、いまがそのときだ、と」

「はい。わたくしの一生のご恩でございます。しかも、今度も桜花様と一緒に、命を助けて下さいました。わたくしは……わたくしは……」

「泣くでない。人は笑って生きるものだ」

「はっ！」

木怜は服の袖で涙を拭いながら、笑顔になった。

「しかし、木怜」

蓮華は疑問に思った。

「お前は尚鳳に斬られるところだったのだろう」

「いかにもさようにございます」

「ならば、きょう、再び尚鳳に斬られそうになったのは、なぜだ？　あの様子では、尚鳳はお前をまったく覚えていなかったようだぞ」

「尚鳳様は、あまりにも周りの者を斬りすぎて、わたくしのことなど忘れてしまっているのです。それでも心配なので、縁側で顔を隠しておりました」

「怖ろしい話だなあ……」

蓮華は眉をひそめる。

「教えてくれるか、木怜。そのような、命がけの目に遭っても、女官になりたいものなのか？」

出会ったときは、お互いの意地の張り合いから、ぎすぎすしたが、無理やりとはいえ、付き合ってみれば、木怜は一途な、強い女性だった。亜麻仁御殿はまだいいとして、後宮などという陰謀が渦巻く場所で、どうして生きていかねばならないのだろう。

木怜は微笑んだ。

「倫家の領地は、大して芋も米も穫れません。わたくしが王宮に、さらには亜麻仁御殿にいれば、俸禄(ほうろく)というものが出ます。早い話が、米です」

青蘭国では米はあまり穫れず、しかも神事などには欠かせないため、非常に高価で取引されるのだった。

ということは……木怜の気が強いのは、守るべき領地があるからなのか。

(人は、守るべき人がいれば、強くなれるものなんだなあ……)

蓮華は、自分もいま、そうなっていこう、としていることに、まだ気がついてはいない。

ただ、なんだかおかしかった。

これまでの蓮華は、街外れの粗末な家に住んではいたが、自分ひとり食べていければいい、そう思っていた。

けれど後宮で、如水を尚堅の息子として生きさせる手伝いをするのも、それはそれで、人生をかける値打ちがあるのではないだろうか……。

「木怜」

「何でございましょう」

「お前――いや、そなたや亜麻仁大君のおかげで、私の第二の人生は、少しばかり面白いことになるかも知れぬ。だから、私の友だちになってくれるか？」

蓮華が頭を下げると、木怜はあわてた様子だった。

「そんな、恐れ多い……それにわたくしは、三十二でございます」

「十七の平民の小娘とは、友だちには不満か」

「滅相もない。ただ、いまのあなたは王妃様でございます。わたくしは一介の女官に過ぎません。友だちなどとは、分不相応――」

「かまわぬ。特別なことをして欲しいわけではない」

蓮華は笑顔で首を振って、

「頼みたいことが、ふたつ、ある。他の女官の前以外では、私を『蓮華』と呼んで欲しいのだ。どんな事情があろうと、桜花は私のたったひとりの姉だ。その名で呼ばれても、素直に話は聴けぬ。……私の気持ちを分かってくれるか」

蓮華と桜花が、いくらふたりでひとりでも、姉は大事にしたい。

「お察しいたします」

木怜はうなずいた。

「では蓮華様。もうひとつの頼みとは」

「いくら私が平民でも、尚鳳には、なめられたくない。いいや、私が死んだとしても、如水は守らねばならぬ」

「おっしゃる通りにございます」

「万が一のときには、己の命を差し出すのではなく、お前ひとりでも如水を連れて、逃げて欲しい。いまや我らは親友だ。頼まれてくれるよな？」

今度こそ、木怜は心から、というように頭を下げた。

「かしこまりました！」

「約束だぞ」

蓮華は微笑むと、

「私はちょっと休むから、その間、如水の面倒を見ていてくれるか。お腹(なか)が空いていているようなら、乳をやって。泣いたら、うーん……」

「お任せ下さい」

木怜が笑顔を取り戻した。

「わたくしは乳母でございますよ。失礼ながら、子どもをあやすことでは、蓮華様に負けはいたしません」

「別に失礼ではない。どうせ男も知らないガキだ」

「男……」

木怜はうろたえたようだった。

「ガキでも、意味は分かる。もっともこうなっては、知る機会もないかもな」

蓮華はにんまりと笑って、

「それでは、頼んだぞ」

「はい、蓮華様」

蓮華は、やっと眠ることができた。

その頃、尚鳳の屋敷では――。

王宮に仕える女たちの住まう場所だ。ほんとうなら、王の子を産んだ桜花の屋敷が最も立派であるべきだった。

しかし、いまの治世になってからは、一番広く、辺りのさまざまな館からひとつ頭を出しているような、東南にそびえる豪壮な瓦屋根と石垣とに囲まれた屋敷を、尚鳳が当然のごとく、使っていた。

畳の上で、尚鳳がうちわを片手で扇ぎながら、歯ぎしりをしていた。

「ノロの屋敷から世継ぎの子が産まれてくるだと。なぜだ？　なぜ、わが王朝がノロなどに遅れを取らねばならぬ。これほどの屋敷と人を備えていながら、なぜ後宮でなくノロの女などが王妃となり、あまつさえ子まで産むというのか。尚堅も尚堅だ、ぬけぬけとあの女を後宮に入れるなどと……」

「お心をお休め下さい。おそれながら――」

部屋の隅から、さながら、この世のものではないような、無気味に低い声が、響いてきた。

尚鳳の部屋は広いので、夜は隅まで灯りが届かない。だが、その声を聴いた者は、それこそ震え上がるだろう。それほどに怪しい、女の声だった。

「もう、産まれてしまったからには、後戻りはできませぬ」

声の主に、尚鳳は問うた。

「では、私にどうしろというのだ、悠寧。このままでは、あの娘と赤児に、国のまつりごとや後宮での地位だけではない、この館ものっとられてしまうのだぞ。我らはよくても追い出される。最悪の場合は、斬られることになる。これが落ちついていられようか」

「お気になさるほどのことではございません」

蔡悠寧は、耳まで裂けると見えるほどに、唇を開いて、にやり、と笑った。

「この蔡悠寧が、しくじったことがございましょうか。赤児は、ほんのつまらないことで死ぬものにございます」

「しかし、相手はノロ。それも亜麻仁大君の屋敷から来た娘だぞ」

「ちょうどよろしゅうございます。亜麻仁大君はじめノロの連中には、ユタとして、かねてからひと泡吹かせてやりたいところでございました」

悠寧は、ますます無気味な笑みを浮かべた。

「まずは、万事この悠寧にお任せあれ。尚鳳様は国を司るお方、落ち着き払っていればよろしい」

「頼んだぞ、蔡悠寧。お前の受けた恩を、わずかでも忘れるようなことは、ゆめゆめなかろうな」

「無論でございます」

悠寧は、頭を下げた。

──不思議なことがあった。

王宮にいるはずのないユタが、なぜ、しかもよりによって、国王の母の部屋にいるのか……。

ふたりのユタが後宮で出遭うのは、ほんの少し、先のことになる──。

第三章

「ふあああ……」

また二週間ほど経った夜のこと。

夕食も終えた蓮華は、『英氏御屋敷』、つまり自分の館で、あくびをしていた。

まだ、暑い日も多いので、庭に面した戸は開け放していて、虫の音がきこえる。コオロギの声だろう。

どこかの屋敷から、ゆったりした月琴の音も流れてきて、風情はあるが……。

「コオロギも気が早いね。でも、秋は嫌いじゃないよ。果物の季節だもん。木怜、あんた梨は好き？」

「大好きにございます」

「食べたいなあ……」

結局、色気より食い気の蓮華だった。

「あのババアは、食べてるんだろうなあ。好きな物を好きなだけ食べられるんなら、……ワタクシも、いまにも増して、王妃修行をいたしますのに」

ようやく蓮華も王妃の勝手が分かってきて、ことば使いにも気を配り始めた。もっともそれも、木怜と烈火、ときには摩耶までが加わって、特訓を重ねた結果ではあるのだが――。

「ご自分の御屋敷にしても、お行儀が悪うございますよ」

木怜が注意する。

「だって、退屈なんだもん」

「前もって、そう申し上げました」

「木怜、冷たい……」

後宮にいたことのある木怜から、後宮はとにかく刺激のない場所だ、と聴かされてはいた。

そうは言っても王妃ともなれば、何かの行事とか、雅(みやび)な遊びとか、楽しいことがそれなりにありそうなものだが、この一週間ほど、うんざりするほど、することがなかった。

尚堅王は終日、執務室で筆を執って、書類に目を通しては返事と花押(かおう)（サイン）を書いている。ときには尚鳳が同席して、士族などの頼み事を聴く。その間、蓮華が何をしているのか、と言うと――。

一日中、バショウの糸をつむいでいるのだった。

バショウの葉の繊維から採れる糸は、この青蘭国の特産品だ。その糸で織り上げた芭蕉布（ばしょうふ）は、夏は涼しく、冬は暖かく、そして虫に食われにくい、言うことなしのできなのだ。

主に貿易に使うものを後宮では作っていて、海外での評判も良い。なので、海外との取引には欠かせないものになっていた。

部屋の片隅では、木怜が如水を抱えて、寝かしつけている。

「良いお子ですねえ、如水様は。ぐずりもしないで、おとなしく寝ておいでです。乳もよく飲むし、さぞかし元気なお子様になることでしょう」

「そのことよ」

ついに糸つむぎの手を止めて、蓮華はぼやいた。

「慣れない後宮の毎日で、苦労してるのに、仕事までしないといけない、なんて思わなかったよ。第一、こういうのをきれいに作るには　えーと、……そうそう、専門家に任せた方が、いいんじゃないの？　ほら、『餅は餅屋』って言うじゃない」

「そんなことはございません。糸つむぎは、王族にとって立派なお仕事でございますよ。特に外国からの使節に献上品として差し上げるとき、王族のお手製ともなれば、ぐっと価値が上がります」

「だから、それよ」

「どれでございましょう」

「王妃なんて、国王の夜の相手をしていれば、あとは遊んで暮らせるものだとばかり思っていたんだよ。まさか糸つむぎなんて地味な仕事、一日じゅう続けているなんてさ。何のための王妃か分かりゃしない」

するとホ怜は、笑顔で爆弾を落とした。

「では、夜のお相手を、もっとなさればよろしいのでは？」

「ちょ、ちょっと」

さすがの蓮華も、顔を赤くした。

「そのお顔の色を見ると、何もしていませんね」

ホ怜はなかなか、大胆なことを言う。

「ほっとけ」

「お渡りは毎晩のようにございますのに」

国王が後宮に入って、女を選んで一夜を過ごすことを、『お渡り』と言う。確かに尚堅は、何度も蓮華の許を訪れていた。だが――。

「世間話をしているだけよ。うちは街の暮らしのこと、王様は、そう……海の向こうの話が多いね。……ああ、それから、共通の話題」

「共通の？」

木怜はぽかん、としている。

「桜花姉さんのことだよ」

「ああ……失礼いたしました」

木怜は頭を下げた。

「気が利きませんで」

「いいんだよ、そんなことに気が利かなくても」

蓮華は苦笑いをした。

「桜花姉さんとの思い出は、うちと王様だけのものなんだ。ふたりきりで、守っていくさ」

「お察しいたします」

木怜は頭を下げた。

「ですが、いくら尚堅様が潔癖な方でも、男は男。ご覚悟はなさっておいた方が、よろしいかと思うのですが……」

「そういうもんかねぇ……うちは、話しているだけで楽しいんだけど。それに、王様に聴いたところでは、他の女官には、そういった話はしないっていうから」

「特別扱い、ということでございますか」

「うちは、そう思ってる」

「まだまだ子どもですねえ、蓮華様は」

「どうせお子様よ」

蓮華はむくれた。

「ご無礼つかまつる」

縁側から、刀をたずさえた烈火がやってきた。建物に入るのに、玄関から入らないのは無礼にも見えるが、少なくとも青蘭国では、玄関とは儀式のときなどに賓客を招く際に使うもので、普通は縁側から出入りする。

「いかがですかな、後宮の生活は」

「もう、うんざりだよ」

蓮華は顔をしかめる。

烈火は困ったような顔をした。

「まあ、そうおっしゃらず。ひとりご自分の部屋で糸をつむいでいれば、如水様にも良いことがありますからな」

「良いこと？」

「その間に如水様が殺される心配はない、ということにございます。屋敷の内外は、私が見ておりますし、建物に火をかける馬鹿もおりますまい」

「分かるもんか」

蓮華はむっつりとして首を振った。

「私をそこまで信用いただけませぬか」

「そうじゃなく、火をかける話のこと。尚鳳様に斬られずに済むなら、どんな馬鹿なことでもする奴がいるかも知れない、とは思わん？　……それこそ、一族の称号を尚鳳からもらいたい野心家の悪党とか、家族を人質に取られて、しかたなく自分の命と引き換えにやってのける決意をした者とか」

「ううむ、それは……確かにそういう者が、後宮にただひとりもいない、とは限りませぬな」

縁側に刀を置いた烈火は、腕を組んで考え始めた。

「我々は、すでにひとつ、しくじりをしております。亜麻仁大君に、どのような考えがあるかは分かりませぬが、見過ごすこともできませぬ」

「しくじり？」

眉をひそめる蓮華に、烈火はややうつむいて応えた。

「桜花様の親しい臣下として遣わされたのは、私といい、木怜殿といい、亜麻仁御殿に籍を置いていた者ばかりです。それだけで、亜麻仁大君と仲違い（なかたが）いをしている後宮の女性には、目の敵にされるやも知れませぬ」

「ああ……もう、めんどくさいっ！」

蓮華は床に、大の字になった。

「お慎み下さい。あなたは王妃なのですよ」

木怜が言うが、

「ここでだけだ、って」

「摩耶様にも言われたでしょう。壁に耳あり障子に目あり、と申します。誰が盗み聴きしておらぬとも、限りませんからな」

「でも、いまは誰もいない。そうでしょ、烈火」

「たしかに、人の気配はないようですな」

蓮華はようやく起き上がった。

「とりあえず、もう夜だし、寝ようか」

雨戸を開け放った部屋から、涼しい風が吹き込んでいた。

「今宵(こよい)は、一段と冷えますな」

「そうだね。木怜、布団を持ってきてくれる？」

「承知しました」

木怜は出て行った。

「うえっ、うえーん」

如水が泣き出した。

「困ったな。守り役が留守だ、というのに……」

後宮に慣れるので精一杯で、如水のことは、ほとんどかまってやれなかったのだ。いくら蓮華が元気でも、限界はある。

「私にお任せ下さい」

烈火が部屋へ上がってきて、如水をあやし始めた。その動作が、いちいち手慣れた様子だった。

「烈火」

蓮華は訊いてみた。

「何でしょうか」

「嫁を持ったことがあるの？　ずいぶん慣れているみたいだけど」

「いえ、嫁どころか、街の女に手を出したこともございません」

「正直者よの」

なぜかいい気分になった。そう……ほっとした、と言うべきか。

――だけど、なぜ？

尚堅王は、顔立ちこそ整ってはいるが、冷たい人だ。少なくともいままでの経験で、蓮華はそう思うようになった。しかし烈火は、温かい。堅物だが、いつも蓮華のことを気にかけてくれている……。

それが何だかありがたく、蓮華は烈火に微笑みかけた。

「その割りには赤児の扱い、慣れてるね」

「そのことでございますか。……私は八人兄弟の長男なのです」

「八人？」

いくら子は宝だ、と言っても、群を抜いた数だ。

「私の他には姉がひとり、弟と妹が三人ずつ。姉は三十六。一番末の弟は、いま二歳で、姉にもまだ乳離れしない子がおります」

「それで子どもには慣れているのか」

納得して、蓮華は烈火から、赤児を受け取った。

「蓮華様がうらやましい……」

如水をあやす蓮華を見ながら、烈火がつぶやく。

――蓮華は烈火にも、人目が気にならない所では、自分を『蓮華』と呼ぶよう、命じたのだ。烈火はためらったが、蓮華の言いつけに従わないわけにはいかなかった。

蓮華にとっては、ただの身代わりでいる気にはなれない、その証だった。

尚堅王は、その辺りをわきまえているのか、『蓮華』と『桜花』を巧みに使い分けてくる。そういうそつのなさが、しかし蓮華には憎たらしかった。

「いかがなされました」

「いや、何でもない。――うらやましいって、どういう意味？」

「あ、いや、それは……」

烈火はあわてた。

ぴん、と来るものがあった。

「烈火、お前、桜花姉さんが好きだったんじゃないの」

　たちまち烈火は真っ赤になった。

「そ、それは……桜花様は国王の妃。一介の武官が懸想することなどもってのほかにございます」

「でもそれって、ここ十ヶ月のことでしょう？　その前に十四ヶ月？　それくらいあったじゃないの」

「さあ、それは……」

　烈火はうつむいた。

（分かりやすい奴）

　蓮華はくすっ、と笑った。

「どうなのさ。吐いてしまえば、楽になるよ」

「……お慕い申しておりました」

　蚊の鳴くような声で、烈火は応えた。

「亜麻仁御殿の女性は、ほとんどが、男勝りの堅苦しい者にございます。国政に関わる女官ゆえ、その方が都合がいいのでしょうが、私でも、息が詰まるようなことばかりでございました」

「なるほど」

「しかし、桜花様は違いました。まだ十五で御殿へ上がられたときから、控えめで、いつも静かに微笑んでいらっしゃり、辛い修行にもご不満ひとつこぼしたことがございません。私はあのような方を、初めて見ました」

ノロの修行……どういうものか知らないが、ノロたちの中で、ユタがひとりでは、風当たりも強かっただろう。蓮華と比べて物静かで控えめな桜花が、よく我慢したものだ、と思う。

烈火は、目をうるませていた。

「じゃあ、烈火」

「何でございましょう」

「いま、うちの中には、姉さんがいるの。信じる？」

「信ぜぬわけには参りますまい。私には正直、霊のことはさっぱりですが、ノロの御殿に仕えるようになって、いくつもの不思議を見て参りました。他の者なら笑い飛ばすようなことでも、信じられるのです」

「じゃあ、うちらたちがふたりでひとりだってことも、信じる？」

「蓮華様がそうおっしゃるのなら、そうなのでしょう」

「いまのうちを、どう思う？　姉さんだと思って、好きになれる？」

「それは……」

　烈火はしばらく口ごもっていた。

　やがて、答えた。

「あなたは王妃です。私は王族ですらない、一介の武官だ。身分が違います。それに
——」

「それに？」

「尚堅様は、あなたを必要としておられる。それを横から、私がかすめ取ることは、できません」

「そうかなあ……」

　烈火の堅苦しさは、むしろ好ましいことも多いのだが、こうきっぱりと、仲を否定されると、何だか、そう——物足りない。

「うちは王妃なんて、いつまでもやってはいられないよ。王は逢いに来てくれるけど、一日の大半は、糸をつむぐだけ。如水の成長は楽しみだけど、そのためにいつ殺されるか分からない暮らしなんて、長くは続けてられない。如水を連れて、街へ帰る。

……そう言い出したら？」

「それは許されないことです」

「許す、許さないって、誰が決めること？」

一介の武官に、当たり前のように決めつけられて蓮華はきっ、となった。

「尚堅様です。即ち、この国がです」

「知ったことじゃないね」

そっぽを向いた蓮華に、烈火は困ったような顔をしていたが、

「尚堅様は、物の道理が分かったお方です。その王に逆らう者がいるなら、……いっそこの桃原烈火が、刀の錆びにしてくれましょう」

「しかし、最後は尚鳳お義母様が陰謀をやってのける。そうしておいしいところだけを、さらっていく——そうなんでしょ？　違う？」

「そうさせないためにも、あなたは必要なのです」

「如水を守りたいのか、国とかいう得体の知れないものを守りたいのか。お前はどう思っているの？」

「ご無礼ながら、如水様をお守りすることが、この青蘭国を守ることに他ならない、と心得ております」

「ほんとうにそうかな」

蓮華は疑問に思った。

「どうやって、尚鳳様の陰謀を暴くつもり？」

「陰謀、と言い切っていいのかどうか。——自分の孫は、尚堅様の子どもから出したい。国王の母としては、当然に思うことでしょう」

「あんた、何言ってんの？」

蓮華はあきれた。蓮華のことを第一に考えてくれるんじゃなかったの？

「じゃあますます、如水でいいじゃない。尚堅様の、ほんとうの子どもだもの。ねえ、如水」

蓮華の腕の中で、如水はいつの間にか、穏やかに眠っている。

「問題は、ふたつございます」

女の話で真っ赤になっていたのが嘘のように、落ち着き払って、烈火はこんこんと言うのだった。

「ひとつは、如水様が王位に就かれたとき、この国を背負って立つ国王が、ノロの血を引く、しかも後宮以外で生まれた方だ、とうわさが立つことです。王室にとってノロは——」

「その話は止めてくれる？　もうさんざん聴いた話だからさ」

厳しい表情で、蓮華は言った。世の中は、何かと言えばノロだ後宮だ、と騒ぎ立てる。いちいち聴いてはいられない。
「失礼つかまつった」
烈火は頭を下げた。
「だが、そのため尚鳳様は、ノロの娘とその子を城に入れたくはなかった――という
ことは、頭の隅に置いておいていただきたい。……もうひとつは、如水様の母親が、
生きている、ということなのですよ」
「うちのこと？　そんなことは、気にしなくてもいいのに」
「あえて申し上げますが、気にしなさすぎでございます。尚鳳様が狙っているのは、
蓮華様ではなく、桜花様なのです。女など、いくらでもおります。王妃はひとりきり
です」
「どっちみち、うちが王宮を去るようなことになれば、如水は死ぬ。そう言いたいん
でしょ」
「御意」
烈火はうなずいた。
「もう、聴き飽きた。姉さんも、厄介なまねをしてくれたもんだよ」
だがそのとき、蓮華の耳に、声がきこえた。

――ごめんなさいね。私のわがままで、迷惑をかけて――

確かに、姉の声だった。

「……幸せだったのかな……」

蓮華はつぶやいた。

「何が、でございますかな」

烈火が不思議そうな顔をしている。やはりいまのは、蓮華にのみきこえる『声』だったようだ。

「桜花姉さんのことだよ。尚堅様とは、ほとんど逢えなかったんでしょ？」

「国王の仕事は激務ゆえ、なかなか外へは出られないのです」

烈火は眉をひそめた。

「加えて、桜花様は亜麻仁御殿の中。せいぜい、鷹狩りの帰りに寄るくらいですが、そうそう出入りはできないのでございますよ。おふたりが逢ったのは、二、三度に過ぎませぬ」

しかし烈火は微笑んだ。

「おふたりが初めて逢われた鷹狩りの際、わたくしはすでに亜麻仁御殿付きの武官でしたから、尚堅様にお目にかかることはほとんどありませんでしたが、王の一行がお出かけになられた次の日からは、桜花様は尚堅様のことばかり、細かなことまでさも楽しそうに、語って聴かせるのです。飽きもせず、何度も……」

「ふうむ」

どうやら、尚堅には、蓮華にはまだ見せない、いや、もしかしたら一生涯、誰にも見せない顔があるのかも知れない。

——横手の戸が開いて、布団を抱えた木怜が戻ってきた。

「御苦労様。……時間がかかったの」

「それが、わたくしも不思議なのでございますが……」

木怜は眉をひそめていた。

「この御屋敷の布団部屋には、わたくし用の粗末な布団しか残っておりませんでした。母屋の布団部屋をのぞいてみて、初めてそこに蓮華様と如水様のお布団を見つけたのでございます」

「布団部屋は、布団だらけなんでしょ。どれが誰のものか、よく見分けがつくね」

「縫い取りで見分けるのでございます。このように——」

掛け布団を取って、表を撫でた木怜が、

「痛っ！」

小さな悲鳴を上げて、手を引っ込めた。

「どうしたの？」

「その布団には、針が入ってるんじゃない。違う？　指を見せて」

木怜の指先に、小さな血の玉ができるのを、蓮華はなめてみた。

「うん、毒は入っていないみたいだね。ただのまち針だな、これは」

「落ち着いている場合ですか！」

木怜は激した。

「ここで怒っても、どうしようもないよ。これでも、せこい連中のやらかすことは、ひとよりよく知ってるんでね。……木怜。この布団は、きのうと同じ物？」

「はい。ただ、昼間は庭に面した物干し場に、干してありました」

「じゃあ、誰にやられたかは分かんないね」

「では早速、尚堅様から直々に、犯人捜しのお触れを出していただき――」

烈火が勢い込むのを、蓮華はなだめた。

「たかが針の一本や二本で、いちいち王様を頼っているわけには行かないよ。うちらで何とかしなくちゃね」

自分自身が落ち着いているのを、蓮華は不思議に思っていた。

如水に逢うまでの蓮華が同じような目に遭ったら、それこそさっそく尚堅に言いつけて、犯人を捜して打ち首にでもさせようとしただろう。

しかしいまは、そんなことをしたら、どんなことになるか、まで分かるのだ。

(これも、姉さんのおかげ？)

桜花が教えてくれたのだろうか。そんなことを考えながら、蓮華は木怜に微笑みかけた。

「烈火、そんなことをしたら、王様が王妃のいいなりだ、という悪口が広まるはずさ。——違う？」

「むう……確かに」

烈火は腕組みをした。

「いかがいたしましょう、蓮華様」

木怜は心配そうだ。

「布団を替えれば、それでいいよ。——もちろん、それで済ませる気はないけど、そのためには……うちも布団部屋へ行こう」

蓮華には、心当たりがあった。あとは証拠だ。

「承知しました」

「烈火。お前は如水を守っていてくれるか。逆らう者は、できるなら殺さずに追い払って欲しいところだが……」

「私を誰だとお思いで？」

烈火は笑顔になった。

「刀は何も、人を殺めるためだけにあるのではございませぬ。人を守るためにもあるのです」

「その話は、今度またね。——行くよ、木怜」

「はいっ」

ふたりは小走りに、布団部屋へと向かった。

布団部屋は、王族の一門が入る母屋の、北西の角にある。

亜熱帯の青蘭国では、ごく薄い掛け布団を掛けるだけだが、それなりに人数がいるので、建物ごとの布団は、数も多かった。

中へ入った蓮華は、目をこらした。——あれだ。

目に付いたある『もの』を拾って、蓮華は木怜に声をかけた。

「木怜、戻ろう。証拠は手に――」

だが、肝腎の木怜は、真っ青になって、ぺたん、と床に座っている。

「どうしたの？　あっ！」

蓮華も青くなった。

うずたかく積まれた布団の山の中で、女官がひとり、死んでいた。

どうやらよほど鋭い刀で、肩口から脇腹へばっさりと斬られた様子で、傷は深く、傷口からまだ血があふれ出している。

「蓮華様……」

「とにかく戻ろう。ここにいちゃいけない」

蓮華は、震えている木怜の肩に手をかけた。

「何事か」

声に振り向くと、下級の武官らしい男が部屋をのぞき込んでいた。この場所は、男子禁制だ。そこにいられるのは、――尚鳳の部下に他ならない。

「陽尚堅が妃、英桜花である」

胸を張って、蓮華は告げた。

「誰ぞ人を連れて参れ。女官が死んでいる」

「どれ」

武官は部屋へ入ってきて、さも驚いたように、大声を上げた。

「何と！　これは王妃様がやったのですか？」

（芝居が大げさなんだよ）

顔をしかめて、それでも蓮華は微笑んでみせた。

「私は何の刃物も身につけてはおらん。それが後宮の掟であろう」

『無礼な！』のひとことで、片づけることもできた。

そもそも王宮の女官が、刃物を持っていることはあり得ない。蓮華も懐剣を持ってはいたが、私物の中に埋もれている。それに懐剣は護身用のもので、目の前の女官のように、ばっさり斬れる、というものではない。そんなことができるのなら、武官など要らない。

目の前の武官も、そのぐらいは知っているはずなのだ。つまり、蓮華は最初からはめられたことになる。

仕組まれた事件では、いくら騒いでも無駄だろう。

「では、そちらの女官は——」

「わたくしは、何も存じません」

相変わらず震えながら、木怜は応えた。

「では、誰がやったので？」

「知るはずもない」

蓮華は早く片づけたかったが、武官もしぶとかった。

「拙者、夜回りの命を受けて、御屋敷を回っておりますが、他に賊らしい姿を見てはおりません。そもそも英氏御屋敷にいらっしゃるはずの王妃が、なぜこのような場所に？　これは、尚鳳様のご裁断を仰ぐ必要があるようですな」

武官はにやり、と笑うと、蓮華の夜着の裾を引っぱった。

ご裁断を仰ぐ……つまり、自分たちは殺人犯の汚名を着て、最悪、いやまちがいなく斬られる、ということだ。

「この夜中に、尚鳳様もお休みであろう。せめて明朝にしてくれるか」

蓮華が言うと、武官は憤った。

「それはこちらの決めること。たとえ相手が王様でも、後宮ではご生母様に従うことになっている。いいから、来てもらおう」

もう、すっかり犯人扱いだ。ここでひるめば、まちがいなく斬られる。

「……分かった。行こう、木怜」

「でも、王妃様――」

「案ずるな。何とかしてみせる」

蓮華は強がってみせた。

（烈火を連れて来なくてよかった……）

もしここで、烈火と武官の斬り合いでもおきたら、それこそ言い逃れもできないはめに陥るだろう。

それに、烈火には如水を託してきたのだ。もし烈火を連れてくれば、屋敷には如水ひとりになってしまう。そちらの方が気になった。

こちらの切り札は、尚鳳にかなうだろうか……。

「すると、そなたと如水の布団に、針が入っていた、と申すのか」

夜中に起こされた割りには、尚鳳は来客用のぜいたくな着物を着ていた。しかし、髪が解けている。

どうやら蓮華の推量も、外れではないかも知れない。

「さようにございます」

落ち着き払って、蓮華は応えた。

「それで、布団部屋を調べるために、そこの女官と館へ来た、と」

「その通りにございます」

「そこで死体に出くわした、と。面妖な話よのう」

尚鳳はまるで信用していないような顔をしている。それはそうだろう。なぜなら
——。

(やったのは、あんたかあんたの手下だろうが)

心の中で、蓮華はつぶやいた。

「腕(かいな)」

尚鳳は、蓮華たちを連れてきた武官に訊いた。

「今宵、後宮に賊らしき者を見たか」

「いいえ、尚鳳様。ですがその代わり、布団部屋でこのような物を見つけましてございます」

芝居がかって、武官がふところから出したのは、貝殻をちりばめた懐剣だった。蓮華はハッとした。尚鳳も、驚いた……ふりをする。

「何と！ いったい誰の持ち物ぞ」

「……わたくしです」

蓮華は、そう応えるしかなかった。万が一の事があったときのために、亜麻仁大君が持たせてくれたものだ。そんなものが必要になる、とは思わなかったので、衣装などを入れておくカゴの底にしまったままだったが、まさか盗まれていようとは……。

しかし、蓮華にはまだ、切り札がある。

「一国の王妃が、何があったか知らぬが、罪もない女官を斬って、ただで済むとは思っておらぬだろうな」

こちらも、もう、小細工で驚く必要はない、と思ったらしい。尚鳳はにやり、と笑った。

「わたくしではございません。むろん木怜も、ずっとわたくしと一緒におりました」

「それでは、身のあかしをどう立てるおつもりかな」

「こちらを」

蓮華がふところから取り出したのは、金のかんざしだった。

尚鳳が目を見開いて身を乗り出す。

「布団部屋で見つけました。金のかんざし、しかも、この藤をかたどったかんざしを身につけるのが許されるのは、おそれながら尚鳳様、あなたしかいらっしゃいません。

それが証拠に――」

蓮華は、す……と尚鳳の頭を指差した。

「尚鳳様も身分の高いお方なら、まげは解かずに、お休みになるはずです。箱枕はお持ちでございましょうから」

箱枕は、女性はもちろん男性でも、まげを結った者が、まげを崩さずに眠れるよう、木の台の上に、小枕という布の枕を縫い付けたものだ。

「それが解けているのは、かんざしが足りないから、ではございませぬか。この、金のかんざしが」

「……知らぬ」

絶対の勝利を確信していたらしい尚鳳は、『たかが』十七の娘がここまで推察する、とは思っていなかったらしく、他にことばはないようだった。

「王母様ともあろうお方が、知らないで済むとは、思っておいでではないでしょう」

蓮華は、じりじりと、尚鳳を責め立てる。まさか斬れる、などとは思っていないが、無事に屋敷へ戻れれば、それでいい。

「確かにそれは、私のかんざし」

ようやく、尚鳳が口を開いた。

「しかし、手許からなくなっていたものだ。……そう、その斬られた女官が盗み出したに違いない。よくぞ見つけてくれました。どれ、こちらへ」

髪を振り乱して、さらにこちらへ身を乗り出す尚鳳に、今度は蓮華がにっこりと笑う番だった。

「そうは参りませぬ。わたくしが口を閉ざしても、このようなうわさは、ひとりでに広まるものでございます。そのとき、わたくしの命を守ってくれるのは、このかんざしだけでございます」

「たわけたことを……」

尚鳳は唇をかんだが、やがてにやり、と笑った。

「まだ、何か？」

「うわさというものは、何が真実か、ではない。誰が広めたか、が大事なのじゃ。私ならば、こう言うであろう。――陽王朝の王妃は、自らの扱いが気に入らぬ、と逆恨みをして、罪のない女官を斬り捨て、あろうことかその罪を、王母、すなわち私に着せて仕返しをした――とな。育ちの悪い女官には、よくあることよ。どうじゃ、このうわさは」

形勢は、一気に逆転した。

まさか蓮華も、ここまで尚鳳が言い立てることを想像してはいなかった。

尚鳳は堂々と、手の内をさらしてくる。それは、この会話が誰にも聴かれない、という確信があってこそのものだ。つまり、蓮華と木怜は、ここから二度と、外へ出られはしない。

理屈の言い合いなら、蓮華にも少しは自信がある。だが、こうなったら、まちがいなく蓮華たちは斬られる。

残念ながら、この場に烈火はいない。いるのは蓮華たちを見つけた腕という尚鳳付きの武官がひとり、そして、尚鳳の身の回りを世話する、ことばは悪いがのっそりとした感じの女官がひとり、いるだけだ。

木怜はあまりの急な展開に、茫然としているようだ。蓮華ひとりで、何ができるだろう……。

苦しまぎれに、蓮華は動揺を抑えて木怜にささやいた。

「木怜。走れるか」

「いま、でございますか」

木怜はささやき返した。

「他にいつがある。——烈火を呼んできておくれ」

「おそれながら、無理でございます」

木怜の声は震えていた。

「とても足腰が立ちませぬ。わたくしを置いて、お逃げ下さい」

「どうしたのかな、王妃様は」

嘲笑うように、尚鳳は言う。

「もう、言うことはあるまい。そうじゃ、わが息子に言い残したいことがあるなら、聴いておくが」

「そんな……」

「怖ろしさに、ことばも出ぬか。ならば、このまま——」

「いや、私が聴いておきましょう」

声がした。尚鳳はぎょっとしたようだった。もちろん、蓮華もだ。

「お前は！」

いつの間にか、尚堅が入ってきていた。その後ろには、如水を抱えた烈火が続いている。

「王様……」

蓮華はしかし、安心はしていなかった。尚鳳のいる所では、尚堅は母親の肩を持つかも知れない。尚堅が、うわさよりしっかりとしていることは分かっていたが、しょせん夫婦は他人だ。血を分けた親子の縁にかなうものではない……。

「桜花」

尚堅が呼んだ。

「これはいかなることか。なぜ、この後宮に血が流れねばならぬ」

「良いところへ来た」

誇り高い尚鳳が、息子に媚びを売るような表情になった。

「後宮の中で、女官がひとり、斬られた。やったのは、この桜花――」

「お黙りなさい」

尚堅は、ぴしゃり、とはねつける。

「話は聴いておりました。桜花、かんざしを見せてみよ」

蓮華は驚くと同時に、わずかな不安を覚えていた。唯一の証拠である金のかんざしを、尚鳳の息子に手渡してしまっていいものか。なかったことにされてしまうのではないか……。

ふと、姉の声がきこえた。

――その人なら大丈夫。あなたを裏切ったりしない。安心して――

ようやく蓮華は落ち着いて、かんざしを尚堅に預けた。

「確かにこれは、母君の物……」

尚堅はかんざしを手にして、尚鳳の方を向いた。

「こちらの烈火から聴きました。なんでも、桜花たちの布団に、何者かが針を仕込んだとか。悪ふざけにも程があります。ましてや人殺しなど、桜花が企むはずもありません」

尚鳳は、つい、うつむいていた。

「しかし、それだけで、母君が人を斬ったり斬らせたというのも、考えがたいことではあります」

出た、国王の母親をかばうへりくつ。

けれど蓮華はもう、尚堅が母親の手の者に蓮華を斬らせることはない、と知っていた。幾夜を共に過ごして、蓮華と尚堅の間には、桜花を経て、愛情とまでは言わないが、友情のようなものが通いつつある、そう思えたからだ。

「こうなのでは、ありませんかな」

尚堅は微笑んで、

「母君は、桜花を快く思ってはいなかった。如水も同じこと。しかし、表立っては何もできません。それを憂う母君付きの女官が、ひそかに布団に針を入れることを思いついた」

……えっ？

「計画はうまくいった。涼しい夜を狙って、布団に針を入れた。あらかじめ、桜花の懐剣も盗んでおいた。そこへ通りかかったのが、そこにいる腕だ」

尚堅は、驚きに茫然としている腕に厳しい目を向けた。

「腕はこれも、母君のために、……女官の名は？」

「城田真鶴(しろたまづる)にございます」

尚鳳お付きの女官が答えた。

「では、腕はこれも母君のことを考えて、真鶴とやらを斬り捨てた。大急ぎだったので、かんざしには気づかなかった。……暗がりに隠れていると、桜花たちがやってきたので、何も知らぬふりで、見回ってきた、と見せかけて、罪をなすりつけようと、騒ぎ立てた」

ああ……それが真相かも知れない。

「それでよろしいですね、母君」

尚堅は、まっすぐな目で、尚鳳を見つめた。

「ああ……ああ、そうだ。そうに違いない」

尚鳳はしかし、うなだれていた。

「桜花。私の負けだ。だから、かんざしだけは返しておくれ。私の名に傷が付こうというもの」

「では、腕の罪は、この度に限っては、これ以上の詮索はやめにしておく。むろん母君も」

腕が驚いたような顔をした。

「ですが……」

蓮華は尚堅に、小声で言ってみた。

「真鶴なる女官のしわざでは、尚鳳様に、針を入れた罪を着せることになります。帳尻が合いませぬ」

「まあ、そのぐらいにしておけ」

尚堅は苦笑いをして、

「後宮にまつわる謎は、すべてが明らかになるものではない。理屈に合わぬことや、罪人が誰なのか、そもそも事があったのかすら分からぬことも、たびたびある」

これが、後宮の怖ろしいところか……。

「だが、そうすることで、かえって無益な血がこれ以上流れぬことも、また、あるのだ」

尚堅はうっすらと微笑んで、それから声を張った。

「事は片づいた。亡くなった真鶴は、母君が手厚く弔ってやって下さい。私の方から、娘の家族に、詫びの金を送っておきましょう」

尚鳳は黙って、うなだれた。

「いいですか、事は終わったのです。誰であろうと蒸し返すことは、決して許されませんよ」

押しつけるように、尚堅が言った。

「……承知、した……」

尚鳳は気の毒なほど、しおれていた。

蓮華が粘れば、詫びのひとつも引き出せたかも知れない。けれど蓮華はそうしなかった。それより、尚堅の手腕に感心していたのだ。

確かに、罪を着せられ、しまいには斬られて死んだ真鶴は、哀れだ。許されることではない。

しかし、あのいきさつでは、蓮華たちが斬られるだけでなく、真鶴もやはり、刃を向けられていたであろう。――尚堅が筋書きを書かなければ、逆に尚鳳と腕を烈火が斬るはめになっていたかも知れない。

そうなったら、後宮は崩壊し、尚鳳の名も地に墜ちる。

どこがふぬけで、愚鈍だ。争いを最小限に収め、母親にも配慮する尚堅に、蓮華は感心すらしていたのだった――。

蓮華は何も言わず、膝立ちで尚鳳に歩み寄り、金のかんざしを手渡した。尚鳳は力なく、それを手にすると、女官や腕と共に、よろよろと部屋を出て行った。

「これでしばらくは、蓮華様も如水様も安心ですな」

おそらくは蓮華と同じ感想を抱いたらしい烈火が、笑顔になった。

「烈火。お前は亡くなった真鶴が、哀れとは思わぬのか」

「それは……無念にございます。しかし、これ以上騒ぎを広めたなら、蓮華様と尚鳳様の争いは、果てしなき大事になっていたでありましょう。私の首も、飛んでいたかも知れませぬ」

烈火は首を振った。

「……私も、王様にどう思われているかは存じ上げませんが、自分の首は大切でございますから」

「真(まこと)、お前も正直者よの」

尚堅は、苦笑いをして、

「さて、蓮華」

「はい、尚堅様」

「きょうの渡りは、慎んでおく。亡くなった者に、祈りを捧げるとしよう」

「はいっ」

尚堅の采配に、蓮華は感心せずにはいられなかった。ここしばらくの『お渡り』で感じていた、王の賢明さも、人を見る目も、初めて逢ったときとは大違いだ。何より、蓮華を助けてくれたではないか。

少し、尚堅を見る目が変わったことに、蓮華はまだ、気づいていない。

その頃、尚鳳の部屋では——。

「これで、よいのだな」

先ほどまでしおれていた尚鳳が嘘のように、にやりと笑いながら、金のかんざしを部屋の隅に控えていた、悠寧に渡した。

「確かに、お預かりいたします」

悠寧はかしこまって受け取り、指でしごいた。

「しかし、こんなもので、の……」

「このかんざしには、桜花の触れた跡が残っております」

悠寧は、むっつりと応えた。

「本来は、桜花の持ち物を使えば、より確かなのですが、触れたものならば、まずまちがいなく、念がこもっていることでございましょう」

「それなら、桜花の懐剣で済むことではなかったのか」

尚鳳は眉をひそめる。

「あの懐剣には、亜麻仁大君の念がこめられております」

悠寧は応えた。

「わたくしの力でも、亜麻仁大君に勝つことは、できぬか、と。桜花はすでに、わたくしの手の中におるも同然。命を預かっておりまする」

「頼んだぞ。さすがに真鶴を斬らせるのは、ひと苦労だったからの」

不機嫌そうに言った。

「悠寧。落ち着いている場合ではないぞ。私の権力が衰えれば、お前の存在が明らかになるやも知れん。さすれば（そうすれば）、太陽の下に引きずり出されることになる。それでいいのか！」

「何、たやすいことです」

悠寧は落ち着き払っていた。

「王宮に、凶事を起こせばよろしい」

尚鳳は少しの間、考えていたが、

「なるほど、凶事が起これば、何者かが陰謀を企んだ、ということになる。この陽家に仇（あだ）なす輩（やから）は、たとえそれが王妃であろうとも、生かしておくわけにはいかんな」

にやり、と笑った。

「では、はかりごとを決めて参りましょう」

悠寧も、にたり、と笑った。

「王妃だけでは足りませんな。この際、如水様にも世を去っていただければ、幸いでしょう」

第四章

「朝だ、朝だ、朝ご飯……」

三日ほど経った朝、英氏御屋敷の自分の部屋で、蓮華は上機嫌で唱えていた。

「蓮華様、外ではお慎み下さい」

木怜が忠告する。

「もちろん。ワタクシも首は大事ゆえ。けれど、後宮に、食事以外他の楽しみがあろうか」

「まあ、落ち着きなさいませ。あくまで王妃らしく、上品に召し上がって下さい」

「おうっ」

こうして腹ぺこの蓮華は、如水を抱えた木怜と共に、王室の家族が使う部屋へと向かった。

家族の部屋は、正殿の、庭を挟んだ裏側にある。意外に少ない、家族が顔を揃える場所でもある。給仕を司る専門の女官の他に、武官も女官もいない。

王家の食事というからには、さぞかし豪華な食事かと期待していたのだが、日々の食事は、簡単なものだった。例えばきょうは、ご飯に香の物（漬物）、白身魚の照り焼きや、『刺し身』――といっても、我々が知っているような生魚の切り身ではなく、魚を酢漬けにしたもの、他には山椒（さんしょう）を利かせたおひたし、海水で味を付けたすまし汁、卵焼き。肉はと言えば、豚を塩漬けにした三枚肉をじっくりと煮込んだスーチカー。そのぐらいのものだ。

なぜ、凝った料理がないか、と言うと簡単なことで、青蘭国には冷蔵庫がない。そのため、いつでも獲れる魚の他は、例えば肉も塩漬けにしたものしか使えない。もし万が一、肉が傷んでいて、食中毒でも起こそうものなら、賄い方（料理担当）の首が飛ぶ。

年に何回かの祭事のときには、王宮の全員が同じ物を食べるので、牛や山羊（やぎ）をつぶして、新鮮な料理がふるまわれる。それまでは、質素な食事の習慣をつけておいて、舌をぜいたくにしないようにしているのだった。

簡単と言っても、そこは尚堅の命じた賄い方、さすがに味つけは一流なので、味わって食べていると――。

「桜花殿」

声をかけられて、蓮華はあわてた。尚鳳がじっ……とこちらを見ていた。

「如水には、大事ないか」

今度は何を仕掛けてくるつもりだ？　警戒しつつ、蓮華はつとめて無表情に応えた。

「乳もよく飲み、よく笑い、よく眠っております」

「そうかそうか。何か事あるときは、私に相談しておくれ。いやしくも王母、たいていの願いはかなえてやろう」

（だったら、ほっといてくれ、って言おうか？）

もちろん蓮華だって、そんなこと口にも出さなかった。

「もったいないおことばにございます。ですがいまは、普通の赤児として、すくすくと育っておりますゆえ、あまり手をかけてやるのも、かえって窮屈か、とも思ってはおりますが……」

「そうも言ってはおられぬな」

何だ？　新しい陰謀か？

「まだ気が早いかも知れぬが、習い事の支度をしておかねばのう」

「習い事、でございますか」

「さよう」

尚鳳は、重々しくうなずいた。

「習字や花押、この国の法、また武道なども、この国の王になるためには、修めねばならぬものだ。きょうあすとは言わぬが、学ぶことはたくさんあるぞ。御内原で、教師を選ばねばならぬ」

御内原とは、後宮のある一帯を指す。つまりは尚鳳の支配する場所だ。

要するに、『後宮の子』として育てようと――いや、要するに、桜花王妃から如水を引き離して、すきあらば暗殺、という話か。どっちにしても、如水の命の代償は、蓮華に勘定書きが回ってくるに違いない。

さて、どう返事をしようか考えていると、

「母君」

のんびりとした口調で、尚堅が口をはさんだ。

「その話は、まだよいではありませんか。子どもは遊ぶのが仕事。小さい頃の私も、母君にずいぶん遊んでいただいたものです」

「それは……」

尚鳳は口ごもった。

「私も、父の顔は薄れつつありますが、若き日の母君のお顔を、いまでも思い出すことがあります。お美しい、お優しいお顔を」

冗談だろう、と蓮華は腹の底で笑った。尚鳳の生まれついた気性や、周りの者に対する態度は、摩耶から聴いて知っている。もし何かあったら、尚堅さえ危ないかも知れないのだ。ほんとうに、『よく』育ったものだ……。

いや。しかし、尚堅の冷たさ。あれは母譲りかも知れない。安心してばかりもいられない。

「では、如水をどう育てる、と申すのか」

「やはり、母親を始め、家族との時間を大切にするのがよいでしょう。桜花や、もちろん母君とも触れ合うことで、王家の一員として、優しく、しかしたくましく育って欲しい、と私は思います。……のう、桜花」

急に話を振られて、蓮華は焦った。

「あっ、はい。すべては王様の御心のままに」

「母君も、よろしゅうございますね」

ことばに詰まった尚鳳は、側の女官の方を向いて、

「けさの汁はダシが薄い、と賄い方に言っておけ」

むすっ、として言い捨てると、足音も荒く、部屋を出て行った。『首を斬れ！』と言わなかっただけでも、いいと思うしかない。

「桜花」

あいかわらず冷たい声で、尚堅は言った。

「食事の後、奥書院へ参れ。話がある」

それだけ言って、自らも席を立った。

（私、……助けられた？）

銀の匙の件といい金のかんざしの件といい、どうやら尚堅は、蓮華の身をうまく母親から守ってくれているようだ。

それはうれしいのだが……。

（しょせん、身代わりだからなあ）

蓮華は、素直に喜べない自分を持てあましていた。

「母君にも困ったものだ」

爽やかな風が吹き抜ける奥書院で、尚堅はつぶやいた。

「何がでございましょう」

蓮華がとぼけると、尚堅は苦笑いした。

「ごまかしは利かんぞ。お前はいささかまっすぐ過ぎる」

「王様のようには参りません」

尚堅以外の誰が、あの王母を相手に、やり込められるだろうか。

だが、尚堅は言うのだ。

「真の桜花から、双子の妹の話はさんざん聴かされた。ふたりでひとり、かけがえのない、しかしやんちゃな娘だとな。何を聴かされたか、詳しく言おうか」

「いえ、けっこうです」

桜花、いや蓮華は、首を振った。

「姉さんと尚堅様の思い出は、しょせん、おふたりの思い出でございましょう。私がそれを奪うのは、あってはならないことです。私にふたりの仲を説明するだけのために、使ってはなりません。違いますか」

「お前は見かけによらず、優しい子だ」

尚堅は笑った。『見かけによらず』？　それはほめてるつもり？

「しかし、私とお前の共通の思い出と言えば、桜花のことしかあるまい。それとも、また母君の話をしたいか」

それはうんざりだ。

「承っておきましょう。いま、このときは、私は蓮華。……それで、ご用の向きは何でございましょう」

「それほど堅苦しくなくてもよいのだぞ」

「じゃあ、桜花姉さんの、どこに惚れたんですか」

「急に下世話になったな」

「育ちが卑しいもので」

(悪かったな)

「まあ、よい」

尚堅は笑って、

「桜花は、おとなしい娘だった。だが、自分というものを、しっかり持っていた。亜麻仁大君に金で買われたことすらも前向きにとらえ、ノロの修行に励んでいた、と聴いておる」

「そういうもんですかね。文の一通もよこさないで」

蓮華がこぼすと、尚堅は首を振った。

「修行中のノロは、家族と連絡を取ることは許されん。大君を母と思い、ひたすら尽くす厳しい掟があるのだ」

「そうだったんですか……」

道理で手紙も来ないはずだ。桜花は、大君をかばっていたのか！

死んでまで、義理堅い姉さんだ。

しかし、なぜ尚堅がノロの事情を、そこまで知っている？

「そういう話は、私はちっとも聴いてはおりません。何だか、仲間外れにされたような気がいたします」

「その方がいい、と亜麻仁大君が考えたようだな。もっとも、ノロの定めなどむやみに他人に話すようでは、私も王族失格だ」

「ですが、いまは私に、話して下さっています」

「もはや、お前も亜麻仁御殿の娘だからな」

しょせんは、そこか……蓮華はうんざりした。

けれど、尚堅は言うのだ。

「私が強く惹かれたのは、桜花に私心というものが、まったくなかった、というところだ。この王宮、特に後宮では、皆が皆、己の利益をむさぼることばかり考えておる。中でも……」

そこで尚堅は言いよどんだが、

「一番の困り者は、母君だ」

「えっ……」

そこまで言うか？

尚堅は、蓮華に心を開いている——少なくともいまは。そう考えざるを得なかった。

「王母の地位をかさに着て、数々の利権を握り、臣下を従わせようとしている。気に入らぬ者は、斬って捨てる。その権力で、如水をお前の手から取り上げようとしているのだ」

「知っていらっしゃったのですね」

蓮華は顔をしかめた。

「だったら最初から、後宮の事情をお話し下さっても、よろしかったのではありませぬか」

「機会がなかった。許せ」

えっ？　王様が頭を下げた？

これは一大事だ。勝ち負けで言えば、尚堅は『負けた』と意思表示したのだ。

しかし蓮華も、これで済ませる気にはなれなかった。

「ご存じでしょう、銀の匙の一件を。あのとき、如水と木怜は殺されかけました。誰かさんのおかげで、命は助かりましたが――」

「皮肉を言うでない」

しかし尚堅は、柔らかい目になって、ことばつきも温かくなった。

「如水は、私の子だ。桜花の子でもある。それを亡きものにしようという者が現われたら、たとえ母親でも許すことはできない。しかし、後宮を支配しているのは母君だ。私の力も及ばぬ」

尚堅は目を閉じて、つぶやくように言った。

「頼む。共に如水を守ってくれ」

「そんなに、如水が……」

言いかけた蓮華は、自分でも知らないうちに、ふっ、と目を閉じた。

――尚堅は目を見張った。いったん目を閉じてぐらり、と体を傾けた蓮華が、す……と背筋を伸ばして、座り直したのだ。

「恩……」

蓮華の唇から洩れた声に、尚堅は不思議なものを感じた。

（まさか……）

その唇から、聴き覚えのある声が流れてきた。

「尚堅様……」

「お前は、……桜花？」

「お久しゅうございます」

蓮華が、上品に微笑んだ。

しかし、その微笑みは、蓮華のそれには見えなかった。朝餉のときに浮かべていた作り笑いや、素のときの蓮華が浮かべるような野性味のある笑みとはまったく違う、柔らかく品のあるものだ。

忘れもしない、この微笑みは、桜花だけのものだ。

「来てくれたのか」

「はい、尚堅様」

蓮華、いや桜花はうなずいて、

「わたくしは、ニライカナイの神々のお許しを得て、蓮華と共に歩むこととなりました。――これからは、ほんとうに、蓮華はわたくしでございます、大事にしてあげて下さい」

「蓮華は桜花、お前ではない」

　尚堅は眉をひそめて、

「もっと、そう……元気がある」

「正直におっしゃってもよいのですよ。はねっ返りの向こう見ず、とでも」

「さすがは、双子だな。よく分かっている」

　尚堅は苦笑いをした。

　桜花も、微笑みを浮かべたままだ。

「元気のいい子は、お好みに合いませんか」

「さあ、そういうわけでもないのだが……」

「王様。ご自分に正直になって下さい。わたくしには、隠し事はできませんよ」

　母親が子どもをあやすときの顔にも似た笑みを、桜花は尚堅に向けた。

「わたくしは、すべてを見ております。王様は、ご自分の地位が揺るごうとするような危ない橋を渡っても、蓮華の命を救ってくれたではありませんか」

「しかし私の心は、まだお前を求めておる」

「蓮華なら、こう言うでしょうね。『この分からず屋！』」

　桜花はくすり、と笑った。

「命は何よりも大事なものです。死んでみると、それがよく分かります。その命を救った王様の思いは、決して軽いものではありませぬ」

「そうなのか……」

「わたくしの言うことが、信じられませぬか」

「いや、信じよう。他ならぬお前の言うことだ」

桜花は笑顔でうなずいた。

「王様。あなたは人並み外れた知恵と度胸の持ち主でございましょう。他の誰あろう、わたくしがよく存じ上げております。これからも、お見守りし続けております。ですから、蓮華はわたくしだ、――そう思って下さい。わたくしの、短い一生をかけてのお願いでございます。お約束下さいますね」

尚堅はためらったが、他ならぬ桜花の言うことだ。

「ああ、分かった。これからは、蓮華を桜花と思うことにしよう」

「それでは、幾久しゅう……」

声が遠ざかったかのようだった。

「桜花！」

蓮華の体が、ぐらり、と揺れた。尚堅は、思わず立ち上がった。

一足先に、蓮華は横向きに倒れた。


「桜花！　大事ないか！」

尚堅の声に、蓮華は我に返った。床に上半身を落とし、転がっている。

少し疲れていたが、気分は爽快だった。なぜなら――。

「尚堅様。私は蓮華です」

「そうか……いまのやりとり、聴いていたのか？」

「はい、すっかり」

「お前に隠し事はできない、ということだな」

「私に何か言ったら、桜花にも伝わる。そう思って下さい。桜花の魂は、いま、私の中にいるのですから」

けれど、蓮華は笑顔になっていた。

「ユタの力が、こんなところで役に立つとは、思ってもみませんでした。……尚堅様、一緒に如水を守っていきましょう」

「あ、ああ」

「ただ……」

蓮華は口ごもった。

「何か心配事があるのか」

「その、夜のお渡りのことなのですが――」

蓮華は困った顔になった。

「いまは、私が蓮華だ、ということで、王様も私に、手を出していらっしゃることは、ありませんでした。ですが、私が桜花姉さんだ、ということになると、王様としても……」

「案ずるな」

尚堅は笑った。

「私には、桜花が生涯でただひとりの女だ。桜花も私が初めての男だ、と思ったのだが、違うか」

「はい、絶対に」

絶対よ、とでも言うように、一陣のつむじ風が吹き抜けた。

「それに、お前をいつまでも、如水の守り役にしておくわけにもいかぬ。……いつかはお前にも、心から愛する男が現われよう。それまでは、せいぜい己の身を大事にすることだ」

（結局、桜花姉さんの旦那なんだなあ）

蓮華は思ったが、それほど残念ではなかった。むしろ、そこまで桜花のことを思ってくれる尚堅に、感謝したい気持ちだった。

「尚堅様」

「どうした」

「お礼申し上げます」

蓮華は、――いや、いまは姉とひとつの桜花は、頭を深く下げた。

「……ということで、うちは正式に、桜花にもなったんだけど……」

夜の自室で、蓮華はつぶやいていた。

「おっしゃりたいことは、分かるつもりでございます」

木怜はうなずいた。

「裏の席では、蓮華と呼べ。そういうことでございましょう」

烈火が眉をひそめる。

「不満があるのか、烈火」

「いえ、不満などとは。ただ……」

烈火はとまどうような表情になった。

「私もそのように言われましたが、無骨者ゆえ、そうたやすく、呼び方を変えられるかどうか……自信がございませぬ」

「では、名前を呼ばなければいいのだ。のう、木怜」

「いかにも。『お妃様』と呼んでいれば、まちがいはございませぬ」

「心得ました」

烈火は頭を下げた。

「命を捨てても──」

「すぐそういう話になる」

蓮華は顔をしかめた。

「どうしても捨てたいのなら、やって欲しいことがある」

「何でございましょう」

「その命、うちに預けてくれるかな」

「命を……」

烈火は眉をひそめた。

「そう。うちや如水は、これからも尚鳳様に、命を狙われつづけるんでしょ？　その身を刀で守ってくれるのは烈火、あんたしかいないんだよ。ユタの力で分かる。烈火、あんたには、大変な幸運がついてる」

「蓮華様。『幸運がついている』とは？」

「何か事が起きて、尚鳳様とうちらが対決したときでも、そなたは生き延びる。生き延びた後のことは、私にも分からない。ただ、あんたの持ってるセジは、そういう風に伸びていくことは分かるんだな」

「……セジ？」

「霊を感じる力の強さだよ。セジの高い奴は、カミダーリを経て、ユタになることが多いけど、そうでなくても、祖先の霊が力を貸してくれる。セジとはつまり、そういうこと」

「そのようなものが、私に……」

烈火は、不思議そうにつぶやいた。

「では、そろそろ寝る、と……」

言いかけた蓮華は、しかし、ハッとした。

「いかがなさいました」

木怜が不思議そうな表情を浮かべた。

「何やら、胸騒ぎがする。烈火、木怜、もう少しの間、ここにいてくれぬか」

「わたくし共は、かまいませんが……」

蓮華と木怜らが話している、ちょうどそのときだった——。

第五章

その御嶽（うたき）は、王城の北にある。

見た目には、ただの空き地にただの大きな岩が立っていて、その前に、これも小さな石の祭壇があるだけだ。

しかし、青蘭国の人びとは、そこへ入ると、おごそかな気持ちになるのだった。青蘭国が自然崇拝でもあることは前にも述べたが、その信仰の象徴となるのが、この大きな岩だ。

そして、青蘭国を知る者なら知っての通りだが、太陽のまぶしい光と、雨季の激しい雨を受けて、ふだん人の入らない御嶽は、あっという間に雑草が生い茂る。特に夏場は、ほとんど毎日と言うぐらい、草刈りをしなければ、たちまち密林のように雑草が伸びっぱなしになるのだった。

しかしこの御嶽は、雑草ひとつもないよう、きれいに刈り込んであった。

ここが、許泉御嶽(きょせんうたき)。数ある御嶽の中でも一級の、神聖なる場所だった。男子はもちろん、たとえ女子でも、亜麻仁大君にお伺いを立て、認められた者以外は、決して入れない。それこそ、『罪、万死に値する』のだった。

神事は必ず女性、それもノロが執り行なうことになっている。特に、国にいくつかある城には、すべて聖地があり、許泉御嶽は、そのひとつ。亜麻仁大君と配下のノロしか、入れないのだ。

しかしいま、そこで、禁断の儀式が行なわれていた。いつもは決して使われないはずの許泉御嶽に、尚鳳とその一行が、来ている。

蔡悠寧は、白一色の装束で、銀のかんざしを付けていた。いつもはかがめている腰をまっすぐに伸ばし、手には尚鳳が渡した、金のかんざしを持っていた。

今宵は闇が深く、なまぐさい風がふきすさんでいた。

その後ろには、儀式の正装である黒と赤の上衣を着て、王族だけが身につけることを許された足袋を穿いた、尚鳳がいた。さらにその後ろには、たいまつを持った女官が数名、付き従っている。いずれも銀のかんざしを付けていることから、士族の女性と知れた。

激しい風の吹く中、石の祭壇には、果物や菓子類、ウチカビなどを山のように捧げている。悠寧は風に負けぬよう、声を張り上げた。

「俗名、陽尚鳳の一族よ、我に力を授けん。王家に仇なす陽如水と、その母、英桜花を、この世から去らしめよ！　我は力を持って、世を平穏に治め、乱れを正すものなり！」

ごう……と風が一層、強さを増した。

「おぎゃあ！　おぎゃあ！」

王妃屋敷では、如水が泣いていた。

夜中に赤ん坊が泣くのは、いつの時代、どこの場所でも当たり前のことだ。ただ、その泣き声が尋常ではない。目の前に、ふいに獰猛（どうもう）な獣が現われたような、それこそ命に関わるような泣き声なのだ。

如水の声に、抱きかかえていた木怜が、困惑したような表情になった。

「どうされましたか、如水様。お腹が空いたのですか。それともおむつ替えのお時間ですか」

優しいことばをかけるが、泣き声は一向に鎮まらない。

「悪い夢でも見たのかしら……」

「どうしたの？　如水に何かあったの？」

蓮華が尋ねる。

「それが、さっぱり分からないのでございますよ」

木怜は首を振った。

「何やら、とんでもなく怖い夢でも見たような……」

「夢？」

蓮華は、ハッとした。

「木怜。如水を抱かせて。烈火は四方に気を配っていて」

「はいっ」

胸に抱いていた、まだ泣き声が収まらない如水を注意深く蓮華に渡し、木怜は正座のまま引き下がった。

「承知！」

烈火も刀を抜いて、周りを見回している。

「如水」

いつになく、きりりとした調子で、蓮華は声をかけた。

「何を見ているのか、『診せて』くれるか？」

蓮華は言って、額を如水の額にくっつけた。表情が変わった。

「何ということ。こんなことが、あろうとは……」

「いかがなされました、蓮華様」

「これは……」

木怜の声にも応えず、蓮華はうめいた。

——光景が揺らいだ。

『これは……』

自分のうめき声が、なぜか遠くにきこえた。

蓮華は、どこか青い世界に浮かんでいた。はるか遠い天井？　違う。空でもない。とにかく遠い高みから、泣きながら、如水がゆらゆらと降りてくる。どうやら、——海の中にいるようだ。

『海の中でも、息はできるんだねえ……』

あまりのことに、思わず蓮華は見当違いの結論を出した。問題はそこではない。なぜ、海の中にいるか、だろう。

そして、困った。蓮華は泳げないのだ。

蓮華に限らず、この国の人間のほとんどは、泳ぎを知らない。南部などの漁師の一部を除いて、海に入る習慣がなかったのだ。

海は見て楽しみ、漁で稼ぐ所で、人が入る所ではない、――というのが、当時の青蘭国の常識だった。

なんとかもがいて、ようやく如水を胸に抱いた蓮華は、しかし、その重さに驚いた。街の角に建っている、『石敢當』の石碑のようだ。

石敢當とは、四角い石で出来た、魔除けの護符である。建物の端に埋め込んであるのが一般的だが、希に独立して建っていることもある。

青蘭国では、毎年、春になると、五穀豊穣――つまり豊作を祈って、祭りが開かれる。その中に、広場の石敢當を持ち上げて街を練り歩く、という催しがあるのだった。やんちゃな蓮華は持ち上げようとしたことがあるが、一寸も動かなかった。ついでに、神聖な行事でいたずらをした、とたんまり叱られた。

そのときよりずっと重い、石のような……いや、蓮華は石より重いものを他に知らないだけだが、とにかく泳ぎも知らないで、この子を抱えて、五十メートルもあろうかという海面へと浮かびあがるのは……。

無理だ。

ありえない。

ええい、もし助かることができたら――。

『ニライカナイの神様、この子だけでも助けてくれるんだったら、どうか助けてやって下さい。うちのことはいいから』

『そうはいかぬ』

無気味な、年老いた女の声がした。

『誰？　何？』

蓮華がいささか混乱して尋ねると、声は応えた。

『名前を教えるほど、愚かではない。我こそは、この青蘭国で最上の力を持つユタである』

『まさか』

蓮華は、混乱を忘れて、思わず笑ってしまった。

『夢を操るユタだなんて、聴いたことないよ』

『最上のユタだ、と言っているであろう』

いったいこいつ……そうだ。

『そんな最上のユタを、雇えるエーキンチュ（金持ち）がどこにいる？　いたら、そっちへ嫁に行くよ』

『平民どものことは知らぬ。私を雇っているのは――』

しかしそこで、声は、とぎれた。蓮華が笑い飛ばしたのだ。

『ふうん……平民のことは知らぬ、だってさ。どう思う？　如水』

声は高笑いした。

『まだ首も据わらぬ赤児に、何が分かる。その子を国王にしたら――』

『はい、決定』

蓮華はにんまりとした。

『如水はまだ、おひろめの儀式も執り行なってない。ましてや国王候補だなんて、王宮の中でも、まあうわさ好きの女官ぐらいだねえ、知ってるのは。――つまりあんたは、女官のひとり。どう？　この推理』

『ううむ……覚えておれよ！　身分違いの王妃』

ふいに体が軽くなった。

『うちは、そう簡単に死んだりはしない。誰の差し金か、――だいたい、知ってはいるけど、諦めることだね』

如水を抱いた手が、生まれ変わったように軽い。蓮華はそのまま、すうっ……と海中を昇っていった……。

ひときわ激しい風が聖地に吹き、捧げ物を吹き散らしていった。蔡悠寧は、驚いた表情で、これも風に飛ばされたように、後ろへひっくり返った。

「悠寧？　大過ない（無事）か」

尚鳳が声をかけると、

「無念……私の力が及ばないとは。尚鳳様、相手はただのノロ見習いではございません。私の力でも及ばないほどの、セジの高い娘でございます」

「悠寧の術が及ばぬとは……」

尚鳳は唇をかんだ。

「これは念を入れて、新たなる策を立てるしかございますまい。母子共に暗殺するには、無理があるやも知れません」

悠寧の目に、誇りをないものにされた怒りの色が浮かんだ。

「して、母と子、どちらから片づけましょう」

――気がつくと、蓮華は布団の上だった。

「うちは、いま、……ごぼっ、げほごほ」

言おうとして、激しくせきこんだ。

「無理をなさらないで下さい」

木怜が優しい声で言った。如水を抱えている。

「ご無事ですか？　蓮華様」

烈火の手を借りて、ようやく蓮華は起き上がった。

「私、いったい、どうしたの？」

「我々にも、よく分からんのです」

眉をひそめて、烈火は応えた。

「とにかく蓮華様は、如水様を抱いたとたん、横に倒れました。そのまま、何かつぶやいて、泣いたり笑ったりしていたかと思うと、『死ぬ』ということばがきこえました。これはただ事ではない、と思い、如水様を無理に引き取ったところ、蓮華様がごぼごぼと水を吐き始め……」

「そうだろうよ。私、海に入ったこと、ないから。……烈火」

「はい」

「この王城に、ユタはいる？　正直に応えて」

「さあ、それは……」

烈火は困ったような表情になった。

「海の中で、声がきこえたのよ。自分はこの国で、最上のユタである、って。……うわさ程度でいいから、教えてくれない？」

「あくまでうわさですが……」

烈火は眉をひそめた。

「この後宮には、尚鳳様と、その周りのごく近しい女官の三、四名以外、誰も知らないユタがいる、と言われているのです」

「それ、おかしいってば」

思わず蓮華は突っ込みを入れた。

「ユタは下賤の民。正式に決まったものでもなく、霊験もあるのかどうか、分からない。仕事をしたくない怠け者。ずっとうちらユタは、そう言われて、厳しい取り締まりにも遭ってきた。王家に殺された者までいる、っていうよ。それが後宮に？　どうして信じられる？」

「私に言われましても……」

烈火はまた、困った、という顔になる。

「とにかく、その声は、私を海の底まで引きずり込んで、溺れて死ぬように仕向けたんだよ」

するとか木怜が口をはさんだ。

「あるいはその、正体の知れないユタが、蓮華様と如水様を亡き者にしようと企んだのかも知れません」

「せめて名前ぐらい分からないのか」

「さあ、それは……」

木怜は、困ったような顔になった。

「でも、おかしいな」

蓮華は首をひねった。

「私も、ユタの中には先祖の声を聴くだけではなく、妖しい術を使う者がいる——そんなうわさを聴いたことはあるけど、まさか人を海へ引き込むなんて、さすがに知らないな。作り話じゃないのかなあ」

「落ち着いている場合ではありませんぞ」

烈火が眉をひそめた。

「敵の正体が分からない以上、念には念を入れて、如水様をお守りせねば」

「そういうこと。それに、私そのものが如水を守るために、ここへ来たんだから。まあ、死にたいわけじゃないけど、私にはお前たちと、……たぶん、王様もついてるからね」

「尚堅様は、並外れた名君です。蓮華様をないがしろにする、などということは一切なく……」

「ああ、分かってるよ」

蓮華も苦笑いして、

「あの王様のことは、少しは分かってきたつもりさ。心根の優しい、それでいてしっかりした人だね」

言うと、烈火は深く頭を下げた。

「蓮華様」

「何？」

「……尚堅様は、生みの母と、いや、後宮というものと、闘っているのです」

「それはもう、分かってる。で、私は何をすればいい？　私も尚堅様を手助けしたい、というのは建て前で、本音で言うんなら、やっぱり尚鳳様と闘いたいんだな。そのために、何ができる？」

「どう思う？　木怜殿」

「そうですねえ……」

如水をあやしながら、木怜は首をかしげた。

「他人様がどう思うかは存じませんが、わたくしは、男には男の闘い方、女には女の闘い方がある、と思うのでございますよ」

「女の闘い？」

思わず蓮華は訊いた。

「それはまさか、寝床の中で……」

「そういう話ではありません」

蓮華をにらんでおいて、木怜は、

「蓮華様。蓮華様と如水様は、尚鳳様に殺されるところでしたね」

「ああ、そうだな。まあ、その辺の心配は、覚悟していたが」

「そのようなことが、いつ何どき、再び起こるやも知れないのです。ですから、どのような小さなことでも、嫌がらせに屈してはなりません」

木怜はなおも言うのだった。

「蓮華様はお心の広い方だ、とお見受けいたしました。それは美徳でございますが、如水様がからめば、話は別です。母として、息子を守らねばなりません。母は強し、というのはそういう意味でございます」

「覚悟はしていたが、面倒なこと……」

蓮華はため息をついた。

「こんなことが毎日のように起きるなら――」

「どうするとおっしゃるか」

烈火が尋ねた。

「如水を連れて、逃げる。一緒に、街で暮らす」

「ま、街で？」

木怜が目を丸くした。

「そんなことになったら、青蘭国は――」

「こんなちっぽけな国、どうなろうと、うちの知ったことではない」

「あなたはそれでいいでしょう」

烈火が、まっすぐな目で、蓮華を見つめた。こんなときに何だが、蓮華はつい、どきり、としてしまった。

なぜ？　その理由は、蓮華自身もまだ知らない。

「だが、如水様はどうするおつもりか。一緒に街で暮らす、とおっしゃるが、街の暮らしは、楽しいことばかりではないのは、私も存じております。ときには食い物も食えず、飢えて死ぬ赤児もいるとか。――父親がいない子は、いいからかいの種になりましょう。街と言えども、少し離れれば、獣や鷹が……」

「そんなものは、うちが何とかする。もしほんとうに、桜花姉さんの息子なら、カミダーリがあるかも知れない。そうしたらユタの修行をさせる」

蓮華はしだいに興奮してきた。

「結局、あれだろう？　お前たちは、ノロ一族と、後宮の跡取りを狙う奴らの闘いに、如水を利用しようとしているだけなのだろう？　それが如水を『守る』ことに、何でなるのか。まつりごとのことなら、ご立派な御殿の中でやっていればいいだろう。赤ん坊を巻き込むな」

烈火は腕組みをして、暗い表情になった。

「もし、如水様が王宮を出て、街へ出た、となれば――」

「なれば、何だよ」

「如水様を見つけて殺すまで、街の者すべてを、斬って捨てるでしょう。尚鳳様は、そういう方です」

「すべて？　何十人いると思ってるの？」

「百人でも千人でも、平民を根絶やしにしても、やってのけるのです。……そろそろ分かってもらえませぬか。尚鳳様は、如水様をそれほどまでに憎んでいるのです。いや、如水様ではありません。ノロと共に国を治める、いまのまつりごとを憎んでいる、というのが正しいでしょうな」

ことばだけ聴いていれば、停滞した世情を変えようとする尚鳳こそが、正義のようにきこえる。

しかし、そうではないことは、他ならぬ蓮華がいちばんよく知っている。何しろ尚鳳は、人を殺しすぎる。目の前で斬られそうになった木怜のことや、陰謀に巻き込まれて死んだ真鶴のことを考えると、いまでも震えがくるほどだ。いつかは己も殺されるのか……怖ろしくて、憎らしい。

それに比べて、蓮華や尚堅王たちは、どんな目に遭っても、尚鳳の手の者をひとりとして殺したことはない。いま、このときも、犯人捜しをしていないのは、臆病だからではない。人を殺さないためだ。

人は、たしかに死の恐怖にさらされれば、そのときには従うだろう。しかし、そうやって得た服従は、新しい権力が現われれば、すぐに消えてしまう。そうして新しい権力は、また新しい恐怖を……。

「あああ、めんどくさい！」

蓮華は思わず叫んでいた。

「申しわけ、ございません」

烈火が頭を下げた。

「謝って済む話じゃないんだ」

「それは、その……申しわけ……」

いつも精悍な烈火が、困り果てている。これはこれで、まあ恐怖みたいなもんだよなあ……。

「烈火。どうしたら、如水の心配をしなくなれる、って思う？」

「それは、尚鳳様……」

言いかけて、烈火はあわてた。

「やっぱりそうか。あのババア、引退でも何でもさせるしか他に、手立てはないのかも知れぬな」

「そんなことが、できますでしょうか」

木怜が眉をひそめる。

「おそれながら……」

烈火は、ことばを選んでいるようだった。

「尚鳳様は、とっくに引退しているのです。ただ、尚堅様が王になられたのがお若いときだったゆえ、何事も尚鳳様が取り決めて、それがいまも続いているというわけで。……だから、たちが悪いのです。結局、何事も尚堅王のせいにされてしまい、民の不満は王へと向かうようになっているという――」

「あのなあ、烈火」

「何か」

「そんなもの、どうでもいい。うちが訊きたいのは、政治というものは、そんなに面白いのか？　ということよ。王妃をやったのだから、あとはのんびり、後宮で暮らせばいいのではないか」

「さよう……」

烈火は考えていたが、

「蓮華様は、将棋をやったことは？」

「ああ、あれか。うちは、頭を使うのが嫌いなんだ。コマの代わりに人が動いたら、面白いのかも知れんけど……あっ」

「そういうことなのです」

烈火は、かすかに笑った。

「将棋のコマの代わりに、生きている人間を思いのままにあやつり、ときには争いを起こす。尚鳳様のためなら命を投げ出す者はいくらでもいる。それはさぞ、面白いことなのでございましょうよ」

悪趣味……というか、悪そのものなんじゃないのか？

「……もうひとつ、欲気というやっかいなものがあります。尚鳳様は、いささか、いや、度を超して物への欲気が過ぎるようですな。尚鳳様が実権を握っているとなれば、士族たちも、海を渡ってくる商人も、そのご機嫌を取るため、さまざまな異国のぜいたく品や、珍しい菓子なども持って参ります。それを並べるためだけの部屋も、尚鳳様のお屋敷にはございます」

（子どもか！）

蓮華は叫びそうになって、なんとか落ち着いた。しかし――。

やっかいだ。人生最大の危機だ。

「絶対、尚堅様にも周りの者にも、これ以上、口を出させない方法は、あるにはあるけど……」

「いかがいたすと？」

「それよ、烈火」

蓮華は、ことばとは正反対に、憂鬱な顔で言った。

「結局、あれだろう？　斬ってしまえばいいんだろう？」

烈火は絶句した。

「それでは、尚鳳様と同じこと……」

「良いじゃない、それで。そしたらお前がうちを斬ってよ。王様と一緒に、人の命を粗末にすることを止めて、如水にも、そういう風に教えてくれれば。問題はない。……表向きはね」

「と言いますと、裏は？」

「尚鳳様にも、お仕えする女官は大勢いるよね。そいつらが、仕返しに例えばうちに付いていた木怜や、さらには、王様や如水を暗殺してしまえばどうなる？　……きりがないんだよ、こんなこと」

「しかし――」

「うちは争いを止めたい。もし如水が名君になれなかったら、王宮を一緒に出て、次の誰かに作って欲しいんだよ。殺し合いのない世界を」

それは蓮華の本音だった。

「殺し合いのない世界……」

烈火はつぶやいた。

木怜が如水をあやしながら笑った。

「わたくしも、もう刀を向けられるのは、ごめんでございます」

そう、蓮華が求めているのは、この笑顔だ。そして、思い出した。それはすでにある。王宮への道に沿った街の人びとの、のんきそうな様子。

わらの屋根は嵐で吹き飛ばされても、みんなで寄ってたかって直してしまえば、あっという間だ。しかし人の命は、一度失ったら、決して戻ってはこない。そんなことさえ、街の人びとは笑いに変える知恵を持っている。

それでは王室は要らないのだろうか。かえって迷惑なものなのだろうか。

いや、そんなことはない。

「国を豊かにする――」

蓮華はつぶやいた。

「何ですと？」

烈火が首をかしげた。

「この国を豊かに、安らかにするために王はいる。そうじゃない？　自分の屋敷に使いもしないぜいたく品を貯め込むためじゃなく」

「もっともなおことば……」

烈火は平伏した。

「それでこそ、我々の主。あのババアなどとは……あ、いや、ババアなどと私ごときが言うことではござらん。失敬いたした」

「ババアが聴いたら、何と思うかなあ……」

澄まして言うと、烈火はもう、身も世もない様子で、頭を床にこすりつけた。銀のかんざしが抜けそうだ。

「烈火。かんざしが……」

注意すると、烈火はあわてふためいて、かんざしに手をやった。

「尚鳳様でなくてよかったですね、烈火殿」

木怜が笑う。

「もうそれだけで、斬られますよ」

「気をつけるとしよう。……さあ、もう夜も遅い」

烈火が話を締めに入った。

「今夜は、この烈火がお部屋の外で見張ることにいたしましょう」

「悪いが、頼む。王宮に来てから、安心して眠ったことが、ほとんどないのでな。たまにはいい夢が見たいというものよ」

「承知」

烈火はうなずいて、それから思い出したように、

「ああ、そう言えば、王からご伝言を預かっております。明日から、まずお妃の方から、手習い（習字）を木怜殿に教わるように、と」

「亜麻仁御殿に上がったときには、そんなこと、言われもしなかったが」

「あれは、とりあえず、最低限のことをお教えしなければ、お命が危なかったからに過ぎません。王府に上がったからには、また覚えなければならぬことが、山のようにございます」

「ます、って……うちは字なんか書いたこと、ほとんどないのに」

「ご心配なく。不肖この倫木怜、手習いにはいささか心得がございます」

木怜は胸を張った。

「いや、その心配はしてないよ」

「では、まさか字が読めないとか？」

「門中があって、トートートーメーまで持っていて、読めないわけがないだろう。馬鹿にするなよ」

トートートーメーは、一族の名を赤に金文字で書いた大きな位牌で、本来は女性が継ぐことは禁じられていたが、女系家族のユタでは、気にすることもなく、祭壇に祀って
いた。

それがまた、ノロたちの気に障り、国王府による弾圧を強くするのだが、それはさておき——。

「それではいったい、何だとおっしゃるので？」

「字がへたなんだよ、うちは」

蓮華は顔をしかめた。

「許してくれん？　字なんて、手紙と署名にしか使わないものだし、それくらいは代筆でも……」

「なりません」

木怜が即座に切って捨てた。

「何、心配はござらぬ」

烈火の爽やかな笑顔が、——憎たらしい。

「後宮では、字の読める者が少なく、上手下手など分かりませぬし、お妃が書類を書くことは、少ないですし……」

（じゃあ、いらないじゃないかあっ！）

蓮華は、心の中で激しくツッコんだ。

「他にも習わねばならないことがございます。お茶、生け花、月琴、着付け、化粧、あとは……」

「別にうちができなくても、誰か女官に頼めばいいじゃない」

「後宮の女官も、もちろん修練を積んでおります。ですが、国を王と共に守る王妃が、いざというとき、『できません』では済みませんからな」

烈火が、大真面目に首を振った。

「尊い身分のお方こそ、いざというときのために備えて、ひと通りのことは学んでおくことが、大切なのでございます。それとも、来る日も来る日も糸つむぎをしている方が楽しいですか？」

木怜も言いつのる。

「うーん、ああ言えばこう言う……」

「では、木怜殿。後は頼んだぞ」

「お任せを」

木怜はにっこりと笑って、

「お妃様が、ひいては尚堅様が恥をかかずに済むためです。観念して、おけいこに精を出されませ」

「やっぱり、来るんじゃなかった……」

蓮華のつぶやきが、風に乗って消えた。

風はいつでも、新しい季節を運んでくる。

秋の訪れは、目に見えなくても、風の音でハッとする――昔の歌人が詠んだ通りだ。

――その日も、夏は吹き散らされて、去ろうとしていた。

蓮華は昼飯をはさんで六時間、みっちり手習いをさせられ、解放されたのは夕方も近い頃だった。

座り詰めで疲れたので、息抜きに御内原の庭を散歩しているうちに、蓮華は道に迷ってしまったかも知れない。気がつくと、見たことのない野草の生い茂る一角へと入り込んでいた。

――誰かがうずくまって、苦しそうにしている。

「大丈夫?」

声をかけると、身なりから士族の女性と分かった。髪型をカラジに結って、芭蕉布の上衣を太帯で結んでいるのは、他の階級と変わりはないが、女官に特有の、銀のかんざしを挿している。

しかし、そのひとつずつが、ずいぶんとぜいたくなものだ。いままで蓮華は逢ったことがない……はずだ。何者だろう。

蓮華の声に、女性は——たぶん女官だろうが、あっ、と口の形だけで驚いたようだった。

「あなた様は、お妃様」

「いかにも。お前も御内原の女官であろう」

「さようでございます」

女性は応えて、

「本来なら、わたくしごときが口をきくことも——」

「ああ、そのようにかしこまるでない」

近づいてみると、女性はものすごい厚化粧をしていた。それだけなら尚鳳も同じだが、白粉の厚みが違う。ほとんど白い仮面のようで、しわをどうにか隠していたが、

六、七十と言われても驚かない。
　だが、この女官、しわだらけの割りに、顔つきはやけに若いような気がするのだ。それが気になった。

「ひとつ、訊いてもよいか。お前は、いくつか」

「……三十にございます」

「さんじゅう？」

　思わず大声を出すと、女性は淋しそうに笑った。

「とてもそうは見えない、そうお思いでございましょう」

「いや、まあ、それはその……すまぬ。何しろ化粧が濃いものだから」

　それも失礼な言い草ではあるが、女性は首を振った。

「二十歳の頃、顔にひどいやけどを負ったものでございますから、塗り隠しております。……素顔はとても、お目にかけられるものではございません。お見苦しゅうございます。失礼ではございますが――」

「いや、そんなこと、気に病むな」

　あっさりと蓮華は受け流して、

「お前は尚鳳様の、お付きの人か？」

「はい……ですが、あまり他の方に言えないお役目でして——」

「深くは聴かない方がよさそうだな……いや、私、そういうことは気にせぬほうだから。あの尚鳳様に気に入られているとは、大したものだな」

「どうしてです」

「なんで大したものなのか、と？　それは——」

「そのことではございません」

女性は淋しそうに笑った。

「わたくしが、尚鳳様に気に入られている、となぜお分かりになったのでございましょう」

「まあ、何となく。私、カンは働く方でな。お前は絶対、恩を忘れない、そういう質に見えるのだが、違うか？　私は逢ったことがないから、尚鳳様のお付きか、と思ったのだ。お前……」

「妙（みょう）、とお呼び下さい」

女性は言うのだった。

「妙……聴いたことのない苗字だが……」

「こう見えても、わたくしが初代なのでございます。尚鳳様から姓をちょうだい致しました」

「それでは、妙。こんな所で何をしていた？」

「散歩の途中、少々、具合が悪うなりまして……何と言うことはございません。お気になさらないで下さいませ」

「そうはいかぬ。ここで逢ったのも、何かの縁。これでも、私は王妃なのだから、ここも私の庭の外れ。そこにいる者が苦しんでおるのを、見過ごすわけにはいかぬ」

言っておいて蓮華は、

「……というのは、建て前でな。真のことを言うと、私も散歩の途中、道に迷ってしまっただけなのだよ」

照れ隠しに笑った。

しかし、女官は苦しそうなままだ。

「大事ないか？」

「ご心配をおかけしまして……ちょっとした発作にございます。どうぞ、お気遣いなきよう」

「そうも言ってはいられまい」

蓮華は胸許を探って、薬籠を出した。丸薬をひと粒出して、妙に渡した。爪の先より小さなものだ。

「気付け薬だ。水があればなおいいのだが。まあ、飲んでみよ。北の国の商人から入れ物ごともらったものだから、まんざら毒でもないと思うが」

「そのような……もったいのうございます」

「よいではないか。私と妙しかいないのだから」

複雑な表情を、妙は浮かべて、それでも薬を飲んだ。

——その表情が、明るくなってくる。

「これは……見る間に楽になりました。ありがとうございます」

「それはよかった」

蓮華も笑顔になった。

「これでもう、大丈夫でございます。このご恩は忘れませぬ」

「言い過ぎ」

蓮華が笑うと妙も笑って、

「参りましょう。あまりこのような所にいると、ハブにかまれます。わたくしについておいで下さい」

先に立って歩き出した。

少し歩くと、よく見る女官の屋敷が見えてきた。

「ん？　こんなに近かったのか？」

「不届き者がたやすく入ってこられぬよう、道をくねらせて、こしらえてあるのでございますよ」

「そうなのか。では、私たちも不届き者だな」

蓮華は明るく笑った。つられたように、妙も笑った。

「では、わたくしはこれで。ありがとうございました」

立ち去ろうとしたので、蓮華は声をかけた。

「あ、妙？」

「何か？」

「その、何か困っていることはないのか？　私は王妃ゆえ、たいていの無理は聴いてもらえると思うが」

「あわれみはいりませぬ」

妙の声が冷たくなった。

「ああ、そういうつもりではないのだ。すまぬ。……ただ、せっかく王妃になったからには、使える力は使わないと損であろう。この御内原にも、争いとか嫌がらせとかあるようなのだが、違うか？」

「それは……わたくしごときには分かりませぬ」

「そう。ならよいが、私は、後宮の中で争いがあるのを、よしとは思わぬ。みなで楽しく。それだけなのだ。では、何かあったら、私を呼んでくれるか。力になるよう、やってみよう。……達者でな」

屋敷へ向かう道を歩きながら、蓮華はつぶやいた。

「なんか、王家って難しいもんだなあ。あの女官、無事だといいけど」


「何ということだ」

尚鳳の屋敷への道を歩きながら、妙こと蔡悠寧は唇をかんだ。

悠寧は、記録では存在しないことになっている、尚鳳専属のユタだ。まだ尚鳳が若い頃、街で拾われた。

顔のやけどはほんとうのことで、それが劣等感になっているものだから、ユタとしても人気はあまりなく、それがまた、新たな劣等感になって、暗い気持ちで過ごしていたところへ、拾われて、悠寧からすれば充分なぜいたくもさせてもらった。秘密の存在だから、後ろ指を指す者もいない。

だから悠寧は、拾ってくれた尚鳳への恩を感じ、尚鳳に言われたことは、何でもやった。人の命を奪ったことも、二度や三度ではない。

あの王妃も、悠寧の術で、息子もろとも死んでいるはずだった。それが失敗して、新たな攻略法を考えていたところへいまの『あれ』だ。宿敵に借りを作ってしまった。

王妃はノロの出だ、という。そのような威厳は感じなかった。

しかし、見たところでは、悠寧がそうであるように、本人もまだ知らない力を持っているようだ。そして、あの底抜けの明るさ……声をかけてくれた優しさを、忘れるわけにもいかない。

自分が、最初からあの王妃に仕えていれば……。

いや、そんなことを考えてはいけない。

王妃暗殺の新たな手段を、悠寧は考え始めた。

ただ、王妃の笑顔はどうしても忘れられなかった。水に沈めたときには、如水に集中していたので、桜花の顔はろくに見ていなかったが、こうして直接逢って見ると、後宮の中の者にはない、底抜けの明るさを感じさせる。

（あの方を、殺す……）

悠寧は胸を押さえた。先ほどまでの動悸（どうき）は収まっていたが、代わりに、心を騒がせる何かが、そこにはあった。

夕食の後、蓮華がくつろいでいると、ちりん……と鈴が鳴った。こんなに早くから、尚堅王のお渡りだ。蓮華は居住まいを正した。

まもなく、尚堅が入ってきた。如水を抱いた木怜が出ていこうとすると、手を振って止めた。

「『そういう』用で来たわけではない。それより話を一緒に聴いてもらおう。……烈火」

「はっ」

戸の外で、烈火の声がした。

「お前は賊など近寄らぬよう、見張っておれ」

「承知」

尚堅は、蓮華に向かい合った。

「どうだ。手習いは上達したか」

「筆文字だなんて、そんなにうまくはなりませんっ」

ぷいっ、と蓮華は横を向いた。

「まあ、そんな顔をするな」

尚堅は苦笑いをした。

「だって、王様はお忙しくて、お顔もろくに見られませぬ。その間は、ずっと勉強です。勉強が好きなら、ユタなどせずに、役人の子にでもなっておりました。それに、私が花押など書く必要が、どこにある、というのでしょうか」

「いざというときのためだ。万が一、私が死ぬようなことがあれば、如水が後を継ぐことになるが、まだ幼いうちなら、そなたは摂政となって、代わりにまつりごとを執り行なわねばならなくなる。そのための修業だ」

「いざというとき、なんて……冗談でも言わないで下さいませ」

蓮華はふいに、胸騒ぎがした。この人が亡くなれば、国全体が尚鳳の思うままだ。おそらく、自分はもちろんのこと、烈火や木怜たちも斬られるだろう。そう思うとぞっとする。

「そのような顔は止めてくれぬか」

尚堅は困ったような顔になった。

「あくまでも、いざというときのことだ。もしそれが如水の幼い頃だ、とすれば、母君はそなたから如水を取り上げて、自分の傀儡(あやつりにんぎょう)とするであろう。そして――お前は、斬られる」

「どちらにせよ、斬られるのですね」

もっと大きな剣の扱い方を、烈火に習っておこうか……。

「烈火に言い含めてある。何かあったときは、如水とお前を城から落ち延びさせ、守り抜け、となる」

「そんな話は、聴きたくありません」

「まあ、案ずるな。ふぬけの私でも、いろいろと手は打ってある」

「あっ。いえ、ふぬけなどとは、もう思ってはおりません——」

蓮華があわてると、王は笑った。

「お前は分かりやすい人間だな。そこがいいところだ」

「知りませんっ」

かたわらで、木怜がくすり、と笑った。

「みんながみんな、分かりやすければいいのですけれど……」

「何かあったのか」

王の表情が変わった。

「いえ、実はきょう、ひとりの女官に出逢いまして、その者が何やら心配事を抱えているようなのですが、教えてはもらえなかったのです。何でも、お義母様にお仕えしている、とか……」

「女官か。名前は？」

「妙、と名乗っておりました」

蓮華が言うと、尚堅が眉をひそめた。

「妙……不思議だな。母君のお付きの者なら、たいていは知っているはずだが、そのような姓の者は聴いたことがない」

木怜が、ハッとしたようだった。

「まさか……」

「どうかしたの？　木怜」

「蓮華様を殺そうとしたらしい、正体不明のユタ。わたくしもそれとなく、うわさを集めてみたのですが、尚鳳様にお仕えする女官の中に、ひとりだけ、誰も見たことのない者がいる、というのです。あるいはそれが……」

「ただのうわさであろう、いまのところは」

尚堅が言うと、木怜は首を振った。

「ひとつ、気になることがございます。賄い方の女官から聴いたのですが……」

「いつの間に？」

如水の乳母をやりながら、情報集めまでしているとは。蓮華は木怜を見直した。

「例の毒の壺の一件から、けっこう皆さん、わたくしに同情して下さったようです。

――その気になることですが、賄い方の作るお膳が、ひとり分多く、尚鳳様のお屋敷に運ばれるのだそうでございます」

「それならば、つじつまが合うかも知れぬな」

尚堅が、深くうなずいた。

「では、私が命をかけて……」

勢い込んだ烈火に、蓮華は首を振った。

「それはまずいよ、烈火。私はこれ以上、無駄な血を流したくない。それに、あの妙という女官、そんな悪事を企む者には見えなかったし」

「人は見かけによらない、と申します」

木怜は言うのだった。

「実際の話、蓮華様は、ついこの前、見知らぬユタに、殺されかけたではございませんか」

「あ……そうか」

「しっかりして下さいませ。如水様のためでございます」

　木怜があまり言うものだから、蓮華はつい、逆らいたくなった。

「そんなに如水が大事？」

「もちろんのこと」

「ふうん……」

　にわかに蓮華の口調はくだけて、

「じゃあ、うちはいなくてもいいね」

「何をおっしゃるのです」

　首をひねった木怜は、あっ、という顔になった。

「まさか……」

「烈火。うちに命を差し出す覚悟はある？」

「もちろんのことにございます」

　戸の外で、烈火の声がした。

「じゃあ、不人情の木怜は当てにならないから、王様に如水を預けて、うちとふたりで殴り込みをかけようじゃないの。尚鳳ばあさんと謎のユタを斬れば、邪魔者はまず、いなくなる。尚鳳付きの女官は、逆らうなら斬って――」

「待て、蓮華。落ち着け」

尚堅があわてた。

「どうして？　何もかも如水のため、ってそればっかりだよ。そうでなかったら、国のためか。うちはそんなことに巻き込まれるのはご免だね」

「わたくしのことばが過ぎました」

木怜もはらはらしている。

「たしかに如水様のことばかり、考えておりました。申しわけございませぬ。かくなる上は、この木怜――」

「腹を斬る？」

「いえ、髪を剃ります」

「はあ？　それが？」

「髪を剃ったら、まげは結えません。王城にはいられません。如水様はわたくしが引き取って、出家します」

「出家？」

「仏門に入る、という意味だ」

尚堅が口をはさんだ。青蘭国にも、仏教があるにはあるのだ。ただ、さほど信者がいないだけで。

「みな、落ち着け。我らの敵は、我らの中にはおらぬ。心苦しいことだが、敵は母君と、謎のユタだ。それを、一滴の血も流さず放逐するのでなければ、国を守ることはできぬ」

　そのことばの意味を考えていると、尚堅は頭を下げた。

「――桜花、いや、蓮華。そなたを無理に城へ来させたのは私だ。一切の責めを負うのも私でなければならぬ。何なら、亜麻仁御殿へ如水と共に帰すか、如水を置いて、そなたひとりで気楽な暮らしを取り戻すか、そなたの考えに、私は従おう」

「そう言われると、弱いんだよなあ……」

　蓮華はぼやいた。

「これも乗りかかった船か。――分かりましたよ、王様。如水は、私が守っていきます。本来、桜花姉さんがするはずだった仕事も。だけど、私が『いやになった』と言ったときは、私を街に帰して下さい。約束できますか」

「そなたは、桜花と真よく似ておる」

　感心したように、尚堅は言った。

「私も約束しよう。そなたと如水、その周りの者たちは、ゆめゆめ殺させはしない。

国王の地位と、国とをかけて、守る」

「お願いします」

ようやく、蓮華は笑った。

それにしても……木怜に抱かれてすやすやと眠っている如水を見て、蓮華はため息をついた。

何も知らない子どもが、一番幸せだ。大人の世界は複雑すぎる。

これも宿命というものか……。

「私も、改めてお約束いたします」

烈火も言った。

「蓮華様。あなたのお命も、如水様のお命も、この桃原烈火が生涯お守りします。命に替えても。あなたは、心の汚れた尚鳳様ごときに殺されていい方ではございません。あなた様をお守りすることが、国を守ることになるのです」

尚堅も烈火も、ひとかけらの嘘でも、ついてはいないように、蓮華は感じた。珍しく、いい方にカンが働いたのだ。

しかし――。

ほんとうに自分は、王妃に向いているのだろうか。

尚堅に従って、尚鳳とにらみ合いを続けつつ、如水を育てていくか――それは、あまりにも長い道のりだ。

では、烈火と共に、ひそかに王宮を出て、尚鳳の目が届かない、どこか遠い土地で、つましく暮らすとしたら、どうなるだろう……。

それはそれで面白い気がするが、貧しい平民の子として、如水は幸せに暮らせるだろうか。蓮華も、畑仕事をしたことはない。そううまく行くのか、はっきり言って、自信はない。

どちらが、如水と蓮華にとって、幸せなのだろうか。

だめだ。いまの自分には、その判断は重すぎる。好きとか嫌いとか、そういうことではなく、それこそ頼りになるふたりの、どちらを取るか、蓮華は本気で悩み始めたのだった――。

その日の夜。

「桜花様は、尚鳳様が言われるように、策謀家なのでございましょうか」

尚鳳の部屋。片隅で、蔡悠寧はつぶやいた。

「何を申しておる」

尚鳳はきっ、と悠寧を見た。

「は、お許しを。けれど、……わたくし、本日初めて、生きて動いている桜花様を見たのでございます。おことばも交わしました」

「まさか、そなたが私の臣下だと桜花には……」

「それが、たちどころに見破られてしまいました」

「うかつであったの、悠寧」

「申しわけございません。ですが、わたくしがユタだとは、気づいていないご様子でした。そもそもあのような天真爛漫（てんしんらんまん）なご気性では、如水様はさておき、国を任せることはできますまい。ただ……謀略を使って人を陥れるほどの悪知恵は、ありそうには見えませぬ」

「悠寧」

厳しい声で、尚鳳は言うのだった。

「そなた、誰のおかげで生きながらえている」

「それは――」

悠寧は平伏した。

「お許し下さい！　わたくしの、いっときの気の迷いでございます」

尚鳳は、左手の指をかんだ。

やがて、指を離して、言った。

「そなたには、さんざん世話になっておる。今回に限り、見逃すとしよう。しかし、もしも万が一、桜花の肩を持つようなふるまいがあったなら、……死ぬより苦しい責め苦を与えることにする。よいな？」

「はっ！」

悠寧は頭を床にこすりつけた。

夜遅く、悠寧は自分の部屋へと戻ってきた。

ロウソクに火をともし、鏡とほのかな光を頼りに、化粧を落とす。

やがて現われたのは、顔の右半分に、赤く、ひきつれた火傷（やけど）の痕が大きく刻まれた、若い女の顔だった。

思わず、ため息が漏れる……。

——まだ若い頃、両親が、荒れる海で亡くなったのがきっかけで、カミダーリがあり、悠寧はユタの道を歩むこととなった。蓮華とは違う、南部に近い街で、仕事をしていた。

しかし、ユタでは幸せにはなれなかった。

ある日、儀式の最中に、錯乱した依頼主が、行灯(あんどん)の火を悠寧にぶつけた。行灯は、煮えたぎる油である。悠寧は顔の右半分を焼いた。この時代、例えば皮膚の移植とか、疵(きず)を治す方法は、まずない、と言える。街を歩くのも、人に逢うのも嫌になった。

幸か不幸か、悠寧には、ユタの中でも並外れた才能があった。ごく一部の客から高額の礼金を取って、力を発揮した。また、両親が遺してくれた石垣造りの家もあったので、暮らしには困らなかったが、心はすさんだままだった。

そんなとき、悠寧の家を訪れたのが、まだ厚塗りでもなく、しわもなかった尚鳳だった。

──私だけのユタになって欲しい──

尚鳳の願いに、最初は、悠寧もためらった。しかし、尚鳳は諦めなかった。来る日も来る日も、通い詰めた。

ある日、尚鳳がまた来ているとき、近所の男の子が声もかけずに入ってきた。まだ顔が無事な頃から、生意気な子だと思っていたが、子どもは往々にして残酷である。悠寧の顔をあげつらって笑った。

悠寧も、初めのうちは怒って追い返していたが、あまりにいつものことだから、そのうち怒りもしなくなっていた。

しかし、その日は子どもも不機嫌だったようで、しつこくつきまとって、悠寧の顔を、思い出したくないようなことばでののしった。

あまりのことに、悠寧がこぶしほどある石を、力をこめて投げつけると、当たりどころが悪かったようで、男の子はばったり倒れて、動かなくなった。

悠寧が激しく動揺していると、尚鳳が手を握ってくれた。

『私に任せておけ』

温かい手だった。

尚鳳は、お付きの武官に命じて、すでに死んでいるその子どもを斬らせた。そして、道にもきこえるように、大声でふれた。

『生意気なこわっぱ！　天が許しても、この陽尚鳳が許さぬ。こやつを斬れ！』

その声に、家をのぞいた平民どもは、あっ、と驚いた。

それには目もくれず、尚鳳は、悠寧の手を握ったまま、立たせた。

『行くぞ』

それだけ言って、出ていこうとするのを、悠寧はかろうじて止めた。

『わたくしの顔が……』

『そこの布を取れ。誰ぞ、顔の半分を包んでやるがよい。……そう、そのようにだ』

顔のやけどの痕を隠した悠寧は、尚鳳に文字通り手を取られて、通りへと出た。尚鳳の大声で何があったのか、と顔を出した平民たちに驚かれながら、尚鳳は大声で呼ばわった。

『国王、陽尚堅の母、陽尚鳳である。私を愚弄したふとどきな男児を斬り捨てた。誰ぞ葬ってやれ。御法度（禁制）を破ったユタは、王城で斬ってさらし者としてくれる。不満があるなら、王城へ参れ！』

その語気の激しさに、平民たちはおののいた。その中を、尚鳳と悠寧は、牛車に乗って王城へ向かい、淑徳門から後宮に入った。それ以来、悠寧が門を出ることは、二度となかった。

そして、いままで……。

「何人、人を殺めてきたか、の……」

悠寧はつぶやいた。

尚鳳のおかげで、悠寧は人殺しの責めを負うこともなく、己の疵を隠すこともなく、生きてこられた。

その恩を、忘れたわけではない。

しかし、王宮にユタがいる、というのは、絶対の秘密だ。悠寧は、はりつけにされて死んだことになっている。

淋しい、というわけでもない。もともと、人は信じていない。めったに人付き合いをしたい質ではないのだ。

ただ、自分は少々、己の『力』を使いすぎたようだ。最近、急激に老いてくるのを感じた。特に顔は、老女のようだ。

……悠寧は知らない。彼女がやけどの痕を隠すために人一倍、分厚く塗っている白粉には、鉛白という猛毒が大量に使われていることを。

それは、皮膚を冒すだけではなく、皮膚から吸い込まれて、内臓や脳、神経の障害を引き起こし死に至らせるが、発色がいいので、おしゃれ第一の女たちから、取り上げることはできなかった。

自分が長くないことは、科学の知識ではなく、ユタの霊感で、悠寧もそれとなく感じていた。それまでは、恩人の尚鳳を助けて、その妨げになる者を、罪を着せて追い払わせたり、殺したりして、残りの人生を終えるものと心に決めていた。

　だが、あの娘――。

　陰謀を企むノロの生まれながら、あの明るさは何だ？　一心に息子を守ろう、としているひたむきさは何だ？　そして、王妃でありながら、どうして初対面の悠寧と友だちのように話せるのだ？

　そう思うと、にわかに憎しみが湧いて――くるはずだった。だがどうしても、悠寧には桜花を憎くは思えないのだ。

　それはなぜなのだろう。

「英桜花……」

　悠寧はつぶやいた。

「不思議な娘」

――。


「はくしょん」

　蓮華は、くしゃみをした。

「風邪にはお気をつけ下さい」

　如水を抱いた木怜が言う。

「平気平気、うち……じゃなかった、このワタクシ、桜花王妃、体だけは丈夫でございますから」

「蓮華様はそれでよいでしょうが――」

「またか」

蓮華は顔をしかめた。

「何事も如水のため、だろう」

「はい。赤児は病には弱いものですゆえ」

「もう聴き飽きた、『如水のため』は」

「では、蓮華様は如水様をお見捨てになるのですか」

「それは考えているところ」

「蓮華様！」

「冗談だ。どうせうちは、如水のおまけだもんね」

「赤児より、手のかかる方ですねえ」

木怜も顔をしかめた。

ちりん、と鈴が鳴った。

身なりを整えて待っていると、尚堅王が現われた。

「どうした。顔の色がすぐれないが」

さすが、尚堅だけのことはある。

「ちょっとくしゃみが出たものですから、お気になさらず。温かくして寝ておれば、何ということもございません」

「西の国のことばで、くしゃみをするのは誰かがその者のうわさをしているからだ、というものがあるが」

「私のうわさ……どうせ、ろくなうわさではないことでしょう」

「そうすねるな。蓮華、そなた、退屈でならない、と言っておったな」

「あまりお気になさらないで下さい」

「そうもいかぬ。そなたが私をどう思っているかは知らぬが、私にとって、そなたは大切な妃だ。放ってもおけぬ」

「何か、あるのですか？」

甘いものかな？　それなら大好物なんだが。

しかし、尚堅は訊いてきた。

「そなた、鷹狩りは嫌いか」

説明するほどのこともないだろうが、鷹狩りとは、訓練した鷹を使って、山鳩(やまばと)のような鳥や、ウサギなどの小動物を捕まえる、狩りの一種だ。

「は？　嫌う理由があるのですか」

「残酷だ、と言う者がおるのだ」

「そんなことを言っていたら、ウサギも鳩も、食べられないでしょうに」

　蓮華が言うと、尚堅はほっとしたような表情になった。

「そうか。それなら安心だ。……ここのところ、頭を悩ましていた内政の問題が片づいたので、一週間ほど後、気晴らしに鷹狩りへ行こうと思っている。帰りには、久しぶりに亜麻仁御殿へも寄ろうかと思う。お前さえよければ、同行してもらいたいのだが、どうかな」

「参ります、参ります」

　蓮華は即答した。

「木怜も連れて行ってよろしいですか」

「かまわぬ。というより、如水の乳母として、付いていってもらわねば困る。だが、何でそんなことを？」

「亜麻仁御殿へ寄るのでしょう？　木怜は亜麻仁御殿に仕えておりました。私と共に後宮へ戻ってから、一度も御殿には行っておりません。久しぶりに、同輩たちの顔も見たいだろう、と思ったのです」

尚堅は、『おや?』というような顔をした。

「私、何か変なことを申しましたか?」

「いや。ただお前も、優しい娘だな、と思ったのだ。姉譲りかな」

「私は、『娘』なんですね」

軽い気持ちで蓮華は言ったが、尚堅は重く受け止めたようだ。顔がくもった。

「すまぬ。だが、私は桜花のことを、まだ忘れることができずにいる。お前を一人前の『女』と見ることはできそうにない」

「そのことなら、気にしないで下さい」

蓮華は内心、『しまった!』と思った。桜花が亡くなって、まだ半年に満たないのだ。尚堅はさぞかし心を痛めていることだろう。また、そういう男でなければ、如水とふたりで逃げ出していたはずだ。

「姉の顔だけでも、受け継いでよかった、と思っております。それとも、忘れておしまいになりたいですか。ならば私を、斬り捨てて下さい」

「斬るの斬らないのと、そう簡単に言うではない」

尚堅は、首を振った。

「あ、すみません。どうも後宮では、命の重さが軽いように思って、私も慣れてきたようなのでございます」

「この国は、貧しいからな」

尚堅は、納得したようだった。

「金銀財宝から年貢に至るまで、投げ出すほど豊かな者がいないのだ。この国を豊かにする手立て（手段）を、このところ、ずっと考えていた」

「おそれながら、尚堅様」

蓮華は居住まいを正した。

「豊かなことが、幸せなことでしょうか」

「違うと言うのか」

「いつか、王様に、見せたいものがございます。……ですが、それは別の日に。それより、鷹狩りがそんなに早くできるものなのですか？　前に聴いたのでは、鷹狩りは準備に、たいそう時間がかかるもの、ということでしたが」

「実は、今度の鷹狩りは、前もって支度していたものなのだ。用事が片付かなければ、中止すべきものだった。それで、詳しい話になるが……」

ふたりは相談を始めた。

一週間後がやってきた。

尚堅の一行は、正門から出て、北へと向かった。そこに、人目に触れない山地があって、代々の王はそこで人目を気にすることなく、狩りを楽しめることになっているのだった。

馬に乗った烈火を先頭にして、鷹を連れた御鷹奉行、その他役人と隊列は続き、蓮華たちの牛車、さらには後詰めと言って、列の後ろを守る武官の馬まで、木怜の話では、これでも人数を最低限に絞っている、と言うのだが、それでも十人以上の人出になった。

尚堅は母を誘ったのだが、

『この尚鳳、鳥獣を殺すなど、むごたらしくてできませぬ』

と、断わられた。そんなこと言ったって、自分は人間を平気で次々、殺しているではないか……まあ、いい。

林の中を進むと、やがて、広々とした野原にたどり着いた。一同は、牛馬や乗り物を降りた。

カンカン照りである。

蓮華たち女性陣は、大きな日傘を立てて、その下で日光をしのいでいる。

目の前で、鷹狩りが始まった。

御鷹奉行が差し出したかごから、尚堅はエガケ、つまり鷹の爪から肌を守るための手袋に鷹を移し、勢子と呼ばれる武官たちが、笛や鳴り物で獲物を追い詰め、いざ、というところで尚堅が鷹を放ち、獲物を捕まえて戻ってくる。捕らえた鳥はその場で絞めて、鍋にするのだそうな。

蓮華は、最初のうちこそ物珍しく見ていたが、しだいに飽きてきてしまった。残酷とは思わないが、蓮華にとっては、抵抗する力を失った平民を士族が斬る、というのと同じ印象だ。

しかたがないので、如水をあやしながら、木怜と話していると、烈火がやってきて、顔をのぞき込んだ。

「鷹狩りはお気に召しませんかな」

人目もあることなので、烈火は敬語を使っている。ここは合わせておこう。

「弱いものいじめではないか」

蓮華はひと言で片づけた。

「まあ、そうおっしゃいますな。これが鳥ではなく人だったら、さぞかしむごたらしいことでございましょう」

「鳥だってむご……むご……」

思わずことばに詰まっていると、烈火は苦笑いをした。

「人を斬るのが残酷だ。それを一番に感ずるときは、どのようなときだとお考えになりますかな、王妃様は」

「やはり、目の前で、人が斬られたのを見たとき……ではないか」

「そこでございますよ。おっしゃる通り、人は人が斬られるのを見て、無残と思います。だからと言って、いちいち人を斬って教えていたのでは、いけにえがいくらいても足りますまい」

「まあ、さもありなん（そうだろう）と思うが……」

「そこで、狩りをするのでございます。人は誰でも、気持ちのたかぶることや、突然怒る（キレる）ことがございます。そこで、どうやって気持ちを落ち着けるか、そういったことも、鷹狩りを通して修練いたします。また、捕らえた鳥は、食うか放つかで、むだな殺しはしないのでございます」

「うーん……」

「国王の仕事は、運動不足になりがちです。鷹狩りは、鳥を放したり捕らえたりしているだけのように見えますが、実はいい運動になるのです。知らず知らずに歩きますからな」

「まあ、男の子は好きにするがいいわ」

烈火の説明は、蓮華には通じなかった。

「おっ、次の狩りが始まるようです。これにて失礼」

走り去る烈火を見て、蓮華はぼやいた。

「こんなこと、一日中やって、何が楽しいのやら」

「男というのは、どうしようもない生き物でございますよ」

木怜が微笑む。

蓮華は、いつの間にか、うとうととし始めた。


その頃、王城の御内原では——。

戸をすべて閉め切った部屋の中で、尚鳳と蔡悠寧が、水盤（すいばん）と呼ばれる、水を入れる浅い鉢をのぞき込んでいた。

水面には、うとうとしている桜花の姿が映っている。

この前、これを使って桜花親子を海に沈めようとしたときは、まだ桜花の顔を知らなかったので、顔を見ることができなかった。しかしいま、桜花の顔は知れている。直接に会ったのだし、こちらには、桜花が触れた、金のかんざしがある。

「して、この度は、いかに片づけるつもりかの」

尚鳳が訊いた。悠寧は応える。

「ここは、鷹狩りの場でございます」

「そのようなことは、分かっておる」

「いかによく仕込んでいるとはいえ、しょせん鳥は鳥。獲物を見誤ることがない、とは申せますまい」

「なるほど。相手もさして鳥と変わらぬ女。いかにあわてふためくやら。楽しみよのう……」

尚鳳はふくみ笑いをしていたが、ふと、眉をひそめた。

「どうした、悠寧。何ぞ心配事でもあるのか」

「……いえ。わたくしは、尚鳳様の敵を、排するだけでございます」

悠寧は、なんとか気力を保とうと必死だった。水盤に映る鷹へ手を差し伸べ、すくい上げるようにしながら、桜花へと導いた……。

鷹狩りの場には、にわかに雲が垂れ込めて、雷が鳴り始めた。

烈火が眉をひそめる。

「いかんな、雷は。……尚堅様、これまでといたしましょう」

「うむ。みな、帰り支度をいたせ」

「はっ」

御鷹奉行は鷹を戻そうと、笛を吹いた。

広い野原の上を旋回していた鷹が、しかし、いつもなら鷹匠である尚堅の許へと戻ってくるものを、なぜか無視して、まっすぐに蓮華たちの方へと滑るように飛んで行った。

「いかん！」

烈火が、少し遅れて尚堅が、走り寄った。

「桜花様！」

木怜の大声で、うとうとしていた蓮華は、目を醒ました。見ると、立派な羽と鋭いくちばしと爪とを持つ鷹が、こちらへ向かって宙を滑ってくる。

蓮華の反応は速かった。

「木怜！　如水をお願い！」

言うなり蓮華は、如水と木怜の前に立ちはだかった。いかにユタとはいえ、鷹が何を考えているのかは分からないが、如水に襲いかかろう、としていることだけはまちがいがない。

ぎらり、と鷹の目が光った。やられる！　蓮華は思わず目を閉じた。

「とおっ！」

烈火の声がした。

——一瞬経って、ばさっ、と音がした。

蓮華はおそるおそる目を開けた。血に羽を濡らした鷹が、草原に落ちて、死んでいた。

やや遅れてたどり着いた尚堅と、御鷹奉行が、鷹を見ている。

やがて尚堅は、蓮華を見た。

「無事か」

「はい。ですが、鷹が……」

「鷹はまた、育てれば済むだけのことだ。お主や如水に危害でも加えられたら……と思うと、体が震える」

「しかし、不思議ですな」

烈火が首をひねった。

「いかに鷹の知恵が足りぬとも、――いや、足りぬがこそ、己より大きなものへとかかっていくはずがないのだが……何者かが調練でもせぬ限り」

烈火と尚堅は、同時に御鷹奉行を見た。五十がらみの、当時としてはかなり長命の奉行は、顔を青くして、震えている。

「副島(そえじま)」

烈火が奉行の名を呼んだ。

「お主、この鷹に、人を襲うよう教えたことはあるか」

「めっそうもございません！」

副島は訴えた。

「天地神明に誓って、鳥やウサギなどの他に、狩りを仕込んだことはございません。ましてや人を襲うなど、あるわけがございません」

「では、なぜ鷹が人を襲った、と思う」

「思いも寄りませぬ。何かの術にでもかかったのでない限り……」

「術？」

思わず蓮華は叫んでいた。

「いかがいたした」

「この前の、水に沈められたときの……」

「例のユタか」

尚堅はハッとしたようだ。

「奴ならやりかねん」

烈火もうなずいた。

「決して姿を現わさず、人を呪殺して平気な奴だ」

「しかし、いかがすべき……」

尚堅は眉をひそめた。

「尚堅様」

烈火が、怒りと決意に満ちた顔で言った。

「わたくしに、そのユタを斬るよう、お命じ下さい。理由は何とでもつきます。私怨による怒りとでも、無礼があったとでも……あとはわたくしを斬って下されば、あとくされはないものと――」

「お前はすぐ、人を斬るの斬らないのと、言い出すからかなわぬな」

尚堅は苦笑いした。

「そんなことをしていては、今度は私が、理由をつけて殺される。血が流れてきりがない。——まずは今回の件だ。鷹の目がくらんで、このようなことをしでかした、としておこう。副島」

「は、はいっ」

「お主を許してやりたいが、宮中の者に示しがつかぬ。……そうだな、三月の間、俸禄（給料）を二分の一とする。それで、この騒ぎはおしまいだ。皆の者、よいな？」

「はーっ」

一同は平伏した。御鷹奉行の副島は、涙を流している。わずか三ヶ月の、給料半分カット。斬り殺されることに比べれば、処罰されなかったのも同然、と言っても言い過ぎではない。

（そうだ）

蓮華は感心していた。さすが国王。力の使い方を知っている。人は、恐怖で操るものではない。仇は恩で返すものだ……。これがほんとうの夫だったら、どんなにかいいだろう。

しかし、一身をなげうって、蓮華たちを助けてくれた烈火にも、感謝していた。さすが武官の筆頭だ。それが私の側近。立場を超えて、感謝したい。

ひとりぼっちが何より気楽、と思っていた自分が、いつの間に他人、それも男性のことを思うようになったのか……。

そんなことを考えている場合ではないのだが、蓮華は、自分で自分の心を持てあましていた。

もし、どちらかを選ぶとしたら……。

いや、そういうわけにはいかない。

烈火は一介の武官に過ぎない。王妃の蓮華とは身分が違う。恋は自由、ではないのだ。いまの蓮華の立場では。それを破るのは、国が乱れることになる。

けれど、尚堅に守られるわけにもいかない。

亡くなった姉は、まだ蓮華の中にいて、尚堅はその面影を、いまも唯一無二、大切にしている。それを押しのけてまで、王に近づき、頼ることは、誰より蓮華自身が許せない。

これが、恋というものか……。

こんな気持ち、味わいたいとは、十七の蓮華は思っていなかった。

——となれば。

ふたりを諦めざるを得ないのであろう。それが定めというものだ。

けれど……。

（姉さん）

蓮華は、胸の奥の姉に呼びかけていた。

（苦しいよ。姉さんだったらどうしていたんだ？）

しかし、こんなときに限って姉の声はきこえず、野を渡る風が、ただ吹き抜けるだけだった……。

「何をしておる！」

御内原の奥の奥。尚鳳が悠寧を叱りつけていた。

「お許し下さいませ」

悠寧は、板の間に頭をこすりつけた。

「あの烈火という男の腕前を、見誤っておりました」

「そんな言いわけが、通じると思っておるのか！」

怒りのあまり、尚鳳は、悠寧の顔を足袋で蹴りつけた。

「お許し下さい！　顔だけは――」

「愚か者！　それは仕事を成し遂げて、初めて言えることだ」

尚鳳は怒りに震えているようだった。

しかし、悠寧も、怒りがこみ上げていた。

（顔を、私の顔を……）

自分を不幸に陥れた顔を、事もあろうに、足で蹴るとは……。

こうなったら、何としても速やかに、如水と桜花を殺すしかない。

しかし……。

「もう、お前の手助けはいらぬ」

冷たい声で、尚鳳は言った。

「私が自ら、桜花親子を始末してくれよう。どけ！」

「お待ち下さい」

悠寧は、水盤を背にして立ちはだかった……ふりをした。

「私に逆らうのか、悠寧」

「どうなさるおつもりですか、尚鳳様」

「ちょうどよく、雷が鳴り始めた。雷が、日傘を狙って落ちても、何の不思議があろうか」

にやり、と尚鳳は笑った。

「わたくしにお任せ下さい。あぶのうございます」

「いいや、もうお前の力は借りぬ。お前のやっているのを見て、私も型は覚えた。何より私には、強い怨みがある。私のセジが、あの娘に通じるかを知る、いい機会だ」

尚鳳は乱暴に、悠寧を突き飛ばした。

悠寧はその場に倒れた。尚鳳は水盤に両手を浸して、唱えた。

「怨……我こそは陽尚鳳、この青蘭国を治める陽一族の王母なり。邪なる物よ、地に込められし悪霊よ、我が名において命ず。英桜花とその子、如水を、速やかにこの世から消し飛ばせ！」

水盤の中で、尚鳳は、そこに映った森の上に立ちこめる雲を両手につかみ、力を込めて地面へと投げつけた――いや、投げようとした。

しかし、力を込めたとたん、激しい雷鳴がとどろいた。尚鳳がそこに落とそうとしていた稲妻は、水盤から天井へ向けて走り、目がくらむ光と、耳をつんざく轟音で、尚鳳を跳ね飛ばした。

そして水盤は真っ二つに割れ、水がどっ、と床に流れ出た。

「尚鳳様！」

いかにも心配しているかのように、悠寧は尚鳳を抱き上げた。

「私は、まだ……生きておるのか」

さすがの尚鳳も、顔色をなくしていた。

「ユタのまねごとなど、なさるからでございます。ご自分のお命を捨てて、何になりましょうぞ。――ユタの術はわたくしにお任せ下さいませ。良いですね」

「あ、ああ……」

尚鳳のように、ユタのまねをして命を奪われた者を、悠寧は何人か知っていた。

水盤に尚鳳が手を浸す前に、止めればよかったのだ。敢えてそうしなかったのは

――。

「これ以上の深追いは、いまはできませぬ。尚鳳様、新しい水盤をご手配下さい。そして、……もう二度と、このようなことはなさらないで下さい。霊を扱うことは、この蔡悠寧にお任せ下さい。よろしいですね」

「あ、ああ……」

尚鳳はうなだれた。

「ん？　気のせい？」

山からの帰り支度をしながら、蓮華はふと、眉をひそめた。

「どうかなさいましたか」

木怜が訊く。

「いま、雷が鳴ったような気がしたんだけど……」

「大きな雷は、少なくともこの辺では、落ちておりません」

木怜は首を振った。

「気のせいでございましょう。――さあ、如水様をこちらへ」

「あ、うん」

いつの間にか眠っていた如水を木怜に預けながら、蓮華は首をかしげた。

「最近、ユタの仕事はしてないから、鈍ったかな……ま、いいや」


自分の部屋に戻った悠寧は、がっくりと腰を落とした。

「ああ、疲れた。術返しは、やはり体に悪い」

尚鳳が雷を落とそうとしたのは、それほど難しい術ではない。それを、後ろから念を送って、『逆流』させたのが、悠寧の仕業だとは、おそらく尚鳳には一生、分からないだろう。

「丸薬一錠の恩は、返しましたぞ。ノロの王妃」

つぶやいた悠寧は、しかし、ふっ、と想像した。

もし、自分が仕えているのが、尚鳳ではなく、桜花だったとしたら……。

いや。悠寧は苦しげに、顔をゆがめた。

自分は、あまりに人を殺しすぎた。いまさら、陽の当たる場に出ていくことなど、できはしない――。

けれど、悠寧は思うのだった。あの王妃なら、こんな自分でも許してくれるかも知れない……。

悠寧もまた、蓮華の気性によって、いままでとは違う道を進み始めたようだ。

こうして、青蘭国を動かす人びとの中に、大きな動きが生まれようとしていた――。

エピローグ

「そうか。やはり尚鳳は、攻めて参るか」

鷹狩りの帰りの、亜麻仁御殿。大君は、うなった。

「あんまりでございます」

蓮華は、そろそろ我慢ができなくなっていた。

「せめて、謎のユタだけでも、おとなしくさせる手立ては、ないものでしょうか。このままでは、根負けしてしまいそうなのです」

「助けてやりたいが、王の息子と分かったいまになって、如水をこの御殿に移すこともできぬ……」

「いままでにも、無理に無理を重ねております」

烈火がため息をついた。

「後宮に、武官を入れただけでも、決まりを破る大事。これ以上となっては……」

「落ち着け、烈火」

　穏やかに、尚堅が言った。

「武官なら、すでに母君が入れている。私たちだけが決まりを破っているわけではないのだ」

「しかし……」

「桜花と如水がかわいいのは、私とて同じだ。きっと、無事に生きながらえさせてみせる」

　尚堅の瞳に、光があった。

　蓮華は、如水をあやしながら、横で話を聴いていた。木怜は、久しぶりの宮下りで、古くからの仲間に逢いに行っている。

　蓮華の腹心とはいえ、骨休めは必要だ。

　如水の命が関わっているこのとき、のんびりともしていられない。けれど……何だか、蓮華はうれしかった。

　ついこの間まで、自分はひとりきりで、気楽に生きてきた。それが当たり前と思っていた。

　いまの蓮華は、思いがけなく、とてつもなく重い物を背負わされた。蓮華でなければ、耐えられなかったかも――いや、蓮華でも耐えられるかどうかは分からない、と言える。

しかし、ここには蓮華を支えてくれる人たちがいる。同時に蓮華を必要としている人たちが――。

切なさと共に、蓮華は決めていた。

いまは尚堅や烈火の力を借りよう。そして、すべての憂いが取り除かれたそのときには、――そのときに決めよう。

「蓮華」

大君が声をかけた。

「そなたは、私が思っていたよりずっと、力を尽くしてくれている。何か、ほうびはいらぬか。……尚鳳は、来客よりのみやげ物を、ひとり占めしているのであろう。そなたには、ほうびをもらう資格がある」

「そうなんですよね、あの物欲お義母様」

蓮華は顔をしかめて、

「なんか、飾り物や食べ物など、外の国から来客があるたび、いろいろ献上してくれているみたいなんですが、『お義母様』がみんな、持って行っちゃってるみたいなんですよね」

『お義母様』ということばに、蓮華は精一杯のいやみをこめた。

「私の力不足です。申しわけありません」

　尚堅が頭を下げた。

「まあ、そう自分を責めるでない」

　大君は愉快そうだった。

「蓮華を守ること以外、私にできることはありませんので」

「そなたは、そなたの仕事に精を出すがよい。……蓮華、そなたもさぞかし疲れたことであろう。私の手に入るものなら、何なりとほうびを取らせる。何が欲しい。遠慮はいらぬぞ」

「そうだなあ……とりあえずは、甘いものかな」

　大君はうなずいた。

「烈火。賄い方へ行って、何か菓子を持って参れ。甘いものと言えば……蓮華、饅頭（まんじゅう）は嫌いか」

「大好きです」

「それなら作りたてのものがあるはずだ」

「はっ」

烈火は出て行った。

「すごいですね。さすがノロの長。ああ、甘いものかあ……」

やっぱり、自由は一番だ。

けれど蓮華は、もう王宮を捨てる気持ちはなかった。

それがなぜなのか、いまは蓮華も知っている。

如水のため、だけではない。

自分の心は、あの後宮にある。それが定まるときには――。

蓮華の気持ちを知ってか知らずか、大君は言うのだった。

「何か歳事があったときには、お前の分の菓子も作ろう。定期的に、王宮に送り届ける。遠慮はいらぬぞ」

この国では、祖先や自然に感謝するため、年中行事、つまり歳事がとても多いのだった。

「しかし大君、それでは母君が収まりますまい」

尚堅が言うと、大君は微笑んだ。

「案ずるな。淑徳門には摩耶がいる。よく申しつけておく」

つまり、尚鳳の目を盗んで、直接届けてくれる、ということだ。

これぐらいのわがまま、言ってもいいよね、姉さん。

——あなたは、もっと自由に生きていいのよ——。

桜花の声が、そのとき蓮華には、はっきりときこえた。

(そうもいかないけど、ま、頑張ってみるさ)

少なくともこのひととき、蓮華は幸せだった。

了

青蘭国は架空の国とはいえ、それを構築するのには、何冊かの資料本が必要です。本書の執筆に、主に参考にした本をご紹介します。

上里隆史『島人（しまんちゅ）もびっくり　オモシロ琉球・沖縄史』（角川ソフィア文庫）
上里隆史『マンガ沖縄・琉球の歴史』（河出書房新社）
益山明『尚王朝の興亡と琉球菓子』（琉球新報社）
古波蔵保好『料理沖縄物語』（作品社）
東京国立博物館（編）『東京国立博物館図版目録　琉球資料篇』（中央公論美術出版）
喜納大作・上里隆史『知れば知るほどおもしろい琉球王朝のすべて』（河出書房新社）
又吉眞三　編著『琉球歴史総合年表』（那覇出版社）
波多野鷹『鷹狩りへの招待』（筑摩書房）
細川博昭『鳥と人、交わりの文化誌』（春秋社）

ほか多数

<初出>

本書は書き下ろしです。

この物語はフィクションです。実在の人物・団体等とは一切関係ありません。

◇◇メディアワークス文庫

青蘭国後宮みがわり草紙

早見慎司

2020年9月25日　初版発行

発行者　青柳昌行
発行　株式会社**KADOKAWA**
〒102-8177　東京都千代田区富士見2-13-3
0570-002-301（ナビダイヤル）
装丁者　渡辺宏一（有限会社ニイナナニイゴオ）
印刷　株式会社暁印刷
製本　株式会社ビルディング・ブックセンター

●お問い合わせ
https://www.kadokawa.co.jp/（「お問い合わせ」へお進みください）
※内容によっては、お答えできない場合があります。
※サポートは日本国内のみとさせていただきます。
※Japanese text only

※定価はカバーに表示してあります。

Printed in Japan
ISBN978-4-04-913503-9 C0193

メディアワークス文庫　https://mwbunko.com/

本書に対するご意見、ご感想をお寄せください。

あて先
〒102-8177　東京都千代田区富士見2-13-3
メディアワークス文庫編集部
「早見慎司先生」係

◇◇◇